# 생각의
# 일요일
# 들

# 은희경
# 산문집

# 생각의
# 일요일
# 들

달

지난해 인터넷에 장편소설 연재를 했다. 그리고 거기에다 독자들에게 쓰는 편지 한 편씩을 매일 붙였다. '답글'이라는 이름으로 7개월 동안 쓴 120장의 편지가 이 책이 되었다.

소설 원고를 이메일로 보낸 다음 편집자가 교정을 보는 사이 가벼운 마음으로 써내려간 글이라서 중요한 내용은 하나도 없다. 구성도 없고 일관성도 의도도 별로 없다. 그날그날의 사소한 일상과 변덕스러운 심정을 털어놓았을 뿐이다. 그러나 한 편의 장편소설이 만들어지는 과정을 실시간으로 공유하며 독자들은 내가 어떤 흥분과 믿음과 오만과 착각을 추스르며 소설을 쓰는지 눈치챘을 것이다. 동시에 어떤 잔꾀와 불안과 막막함과 우연과 한눈팔기에 휩쓸리며 쓰는지도.

연재하는 도중 트위터의 세계를 알게 되었다. 일일연재를 뺀 나머지 내 사생활의 전부라고 할 수 있는 감정의 기복이 그대로 드러나 있는 그 글 역시 그대로 여기 실었다.

인터넷 답글과 트위터 멘션. 장편소설과 동시연재한 셈인 이 두 가지 표현의 경로를 통해 나는 격려와 아이디어를 얻고 덤으로 잡념에 시달리기도 했다. 그리고 그것은 소설에 얼마간 반영되었다. 앞장서는 것을 꺼리고 배우는 게 서툴고 또 낯선 관계에 긴장이 심한 나 같은 사람이 인터넷의 새로운 소통방식에서 온기를 느끼다니, 무엇이 나를 바꿨을까.

그동안 나는 나라는 개인이 노출되는 게 자신없어 산문 쓰기를 피해왔다. 그렇다 해도 작가로 산 지 15년이니 이런저런 지면에 쓴 칼럼이나 연재물의 분량이 적지 않다. 그것들을 제쳐두고 허술하고 사소한 글들로 첫 산문집을 엮는다. 사실은 글이라기보다 그냥 내가 평소에 하는 말에 가깝다. 친한 사람들과 술자리에서 떠들어대는 얘기들, 내 말투 그대로. 책 제목도 '안 들어도 그만인 쉽게 흘러가는 말들'로 생각했을 정도이니 작가로서 내가 쓰고자 했던 빽빽하고 의미 깊고 정확한 문장과는 거리가 있다. 나는 사실 내가 지겹기 때문에 내 속에 뭔가 변화가 느껴질 때 그걸 중요하게 여긴다. 그래서 이 책이 만들어졌는지도 모르겠다.

소설을 쓰고 있을 때는 온 힘을 다해 나 자신을 믿을 수밖에 없다. 그래야 쓸 수 있으니까. 그리고 나를 믿기 위해서는 또 온 힘을 다해 명랑과 활기를 연출하고, 뻔뻔스러우며 센 척해야 한다. 그래야만 끝마칠 수 있기 때문이다. 게다가 나는 이 글을 소설 원고를 탈고한 가벼운 흥분과 함께, 앉은자리에서 생각나는 대로 썼다. 솔직함이 지나쳐 조금쯤 감상적이고 들떠 있는 건 그 때문이다.

이 글을 쓸 때의 솔직함과 감상을 빌려 말하건대, 첫 산문집을 청탁 원고가 아닌 가볍고 편하게 자발적으로 쓴 글들로 묶어서 기분이 좋다. 내가 소설을 쓰며 지키려 애썼던 냉정함과 긴장을 보기 좋게 배신해주는 일이기 때문이다. 이 산문집으로 해서 나는 지금까지 써왔던 것과는 다른 종류의 글을 쓸 수 있게 된 것 같다.

이 산문집 속의 글을 쓰는 기간이 내 인생에서 고독으로부터 가장 멀리 떨어져 있던 시간이 아니었나 싶다. 소요와 미열의 시간들이었다. 지금은 꼭 그렇지는 않다. 꿈에서 깨어난 사람의 눈으로 볼 때 이 산문 속 시간들의 한시적인 소란과 과장된 감정과 헛된 열정이 낯 뜨겁고 공허해 보여 책을 묶기까지 여러 번 망설였다. 그러나 눈을 드니 멀리에서부터 다시 천천히 내게 다가오고 있는 고독, 가까워질수록 그 얼굴이 익숙했다. 그 얼굴 너머로 이제는 멀어져버린 아득하고 천진한 나의 한 시절을 기억해두고 싶어졌다. 여러 차례 번복하는데도 참고 기다려준 출판사에 고마움을 전한다.

지금 나의 선택이 나머지 인생에 어떤 영향을 줄까, 이런 생각 이제 하지 않는다. 어딘가 조금 높은 곳에서 흘러내려온 물줄기가 여울을 만나 잠깐 멈춰서 거기 담그고 있는 내 종아리를 휘감고 돌더니 다시 흘러간다. 흘러오는 대로 흘려 만나고 흘러가는 대로 흘려보내려 한다. 예상도 안 하고 돌아보지도 않게 되기를. 교정을 마쳤으니 이제 일어나 창을 열어야겠다. '사람이란 한순간 곁에 모이는가 하면 어느 순간 돌아보면 아무도 없기도 한다. 마치 약속된 주기를 지키지 않는 밀물과 썰물처럼.' 이것은 내가 썼던 소설의 한 구절이다. 초여름 초록의 무심과 무상을 넘어 지금은 나를 향해 어떤 물줄기가 흘러오고 있을까. 주기는 지키지 않았지만, 밀물이어도 좋겠다.

## 차례

## 작업실

intermission



다시, 작업실

원주

## 시애틀

## 또, 다시, 작업실

## 연희동
2010. 01. 12~

우리가 비슷한 감각으로
비슷한 문제를 고민하는 동시대인이라는 느낌,
그것이 나를 쓰게 만듭니다

# 너에게 보낸 문자 메시지

사람은 기껏해야 시와 소설을 쓰지만 하느님은 나무를 만든다고. 그 나무 아래 쉬었어. 향기를 맡았고.

세 번쯤 중얼거렸던 것 같아. 하느님은 내 편이었어, 라고.

## 아침에 일어나 맨 먼저 하는 일

아침에 일어나 맨 먼저 하는 일은,

창문의 블라인드를 여는 것.
날씨를 살피고 시계를 보고
떠오르는 얼굴들에게 인사를 하고.
천천히 실내를 채우기 시작하는
푸르스름한 아침 기운 속에서
핸드밀로 느릿느릿 커피콩을 갈 때
마른 열매가 으깨지는 소리, 퍼져가는 향기.
그 고즈넉함 속에 잠깐 차분해지기.
문득 고개를 돌려 내 그림자를 바라보는 짧은 순간.

## 잘생긴 남자들에게 부탁하고 싶은 것?

어느 추운 날.

자주 가는 작은 찻집이 있어요.
테이크아웃 커피를 기다리며 서 있는데
구석자리에서 책을 읽던 청년이
무심히 고개를 들어 나를 봐요. 앗, 내 타입.

뜨거운 종이잔을 한 손에 들고
한 모금씩 마시며 골목을 걷는데
입에서 계속 입김이 후, 후.

잘생긴 남자들에게 부탁하건대
어렵지 않다면
누구에게든 가끔 눈길을 던져주세요.
음, 도움이 된답니다. 하하하.

— 나, 외모지상주의자?
— 오해받을 수 있는데도 기어코 말하고 싶다면, 등장인물한테 하게 했어야지!
— 잘생긴 남자만 기억하는 더러운 세상!

# 길에 차가 많은 진짜 이유

설명하자면 긴데,
근시교정 렌즈를 왼쪽 눈에만 껴요.
오른쪽만 근시교정 수술을 받았거든요.
한쪽 눈은 근시, 한쪽 눈은 정상인 셈이죠.

어젯밤 컨디션이 별로라서(아마도 숙취?) 일찍 누웠다가
도저히 잠이 안 와 밤 산책을 하기로 했어요.
골목인데 몇 번이나 차를 피해 걸음을 멈춰야 했지요.
……오늘 밤 차가 유난히 많네.
어쩐지 겁이 나서 조심조심 주춤주춤.

갑자기 깨달았어요.
유난히 차가 많았던 게 아녜요.
렌즈를 끼지 않아서 한쪽 눈으로만 세상을 보고 있었고
잘 보이지 않기 때문에 자신감이 없고 불안했던 거죠.
체력도 떨어져 조금 약해져 있는 상태이기도 하고.

마이너의 감정선.
약한 존재가 가질 수밖에 없는, 세상에 대한 불안과 경계심.
나중에 등장인물의 심리에 써먹어야지……

'나는 흑인도 될 수 없고 여자가 되지도 않겠지만
오늘 밤 집에 가는 길에 사고를 당해 장애인이 될 수는 있다.'
마이너에 대한 어떤 미국 언론인의 칼럼이 기억나네요.
남의 일이 아니라는 거겠죠?
하지만 실제로 어떤 상황이 닥쳐서 그렇게 되는 것만이 아니에요.
우리 모두의 안에는 늘 마이너리티가 들어 있어요.

# 그녀의 속마음, 둘 중 어떤 것일까?

내가 많은 걸 바라지 않는다는 걸 알기 때문이야.

그게 관계를 가볍게 만들어주거든.

누구나 짐을 지는 건 싫어하니까.

연우야, 이거 중요한 충고야.

약간 멀리 있는 존재라야 매력적인 거야.

뜨겁게 얽히면 터져. 알았지?

—『소년을 위로해줘』 중에서



아직도 이따금 이건 타인이 꾸는 나쁜 꿈이야, 라고 중얼거릴 때가 있지만

그래도 사랑에 관해서라면 발밑까지 타들어갈지언정 길고 긴 꿈을 꾸고 싶다.

일상의 심박동이자 지극히 사적인 양심 행위로서.

—『그것은 꿈이었을까』 개정판 '작가의 말' 중에서

# 내 책상 앞의 포스트잇

내 책상 앞에는 수많은 포스트잇이 붙어 있어요.

'잊지 말 것 : 끈 당기기, 뒤집기, 식히기, 가장 좋은 것 버리기……'

'소년은 본다. 소년은 감춘다. 소년은 달린다.
소년은 미소년이 적당하다 그리오.'

'잘 아는 이야기만 편하게 쓰자.'

'어떻게 그렇게 무정해? 괜찮다고 문자라도 보내줄 것이지.'

'불평 기록부' '거짓말 곡선' '무기력 학습' —줄리언 번스

# 가끔 나도 샘플링을 해요

아니타 워드의 웹 사이트에 들어가보면
〈Ring My Bell〉을 샘플링한 전 세계의 수많은 노래가 모조리 나열돼 있던데요.
거기 다이내믹 듀오의 이름도 있어서, 약간 신기.

가끔 나도 샘플링을 해요.
저작권료를 주고받을 필요 없는 걸로. 그러니까 내 소설.



"온몸이 묶인 채 검은 물에 실려 어딘지 모를 어둠 속으로 떠내려가는 것, 이런 게 사람의 인생이 아닐까." 이것은 B가 책에서 베낀 구절이다.

—「날씨와 생활」 중에서

소설 속에서 B가 읽은 책은 은희경의 『비밀과 거짓말』인 것이죠.

건조한 성격으로 살아왔지만 사실 나는 다혈질인지도 모른다. 집착 없이 살아오긴 했지만 사실은 아무리 집착해도 얻지 못할 것들에 대한 두려움 때문에 짐짓 한걸음 비껴서 걸어온 것인지도 모른다. 고통받지 않으려고 주변적인 고통을 견뎌왔으며, 사랑하지 않으려고 내게 오는 사랑을 사소한 것으로 만드는 데 정열을 다 바쳤는지도 모른다.

—『새의 선물』 그리고 『마지막 춤은 나와 함께』 중에서

속편이나 마찬가지이기 때문에, 주인공 성격을 가장 잘 나타내는 구절을 그대로 옮겨 적어놓았구요.

분명 처음 가는 장소인데도 언젠가 와봤던 곳 같고 처음 만나는 사람인데 어딘지 낯이 익고, 그래서 기억해내려다가 끝내는 포기했던 경험들.

『소년을 위로해줘』의 이 문장도 나의 다른 책에서 샘플링한 거예요.
무슨 책이냐고요?

뭐든 자꾸 하면 재미없고…… 또 다른 뭔가를 생각해내야죠.

# 수많은 예술이 사랑에 대해 말해왔지요

'어쩐지 멍하고 가슴은 뛰고 할 말이 많이 생겨버린 기분이야. 그런데 아무 문장도 떠오르지 않아. 도토. 그건 아마 내가 알 수 없는 나라의 언어인 것 같아.'

처음 쓸 때는 여기에서 끝냈거든요.
하지만 이 장면이 약간 더 길었으면 싶었어요.
뭔가 말을 덧붙이면 감정이 흐트러져버릴 것 같기도 하지만, 흠……
영화 같으면 이 장면을 롱테이크로 잡을 텐데
연재 지면에 빈 공간을 만들어놓을 수도 없구요.
불현듯 오래전에 들었던 슈만의 연가곡 〈여인의 사랑과 생애〉가 떠올랐어요.
사랑에 빠진 처녀가 노래 부르죠.
— 동생하고도 놀기 싫고, 혼자 있고만 싶어요.
(대충 이런 내용이었던 듯.)

그래서 그 감정을 옮겨다가 뒤에 덧붙여보았어요.
이렇게.

'그러니 그냥 이렇게 혼자 앉아서 눈앞에 떠오르는 얼굴을 오래오래 생각하고 싶어. 아무리 오래라도 싫증나지 않을 것 같아.'

수많은 예술이 사랑에 대해 말해왔지요.
그렇게나 많은데, 나도 거기 한 개를 보태면서 드는 생각.
문학이란 인간과 세상을 보는 관점을 보태주는 것이고
인간은 복잡한 존재이므로
그를 이해하기 위해서는 관점이란 많을수록 좋겠지.

# 그리하여 우리가 앉아 있던 골목 안 작은 사케집

어제는 종일 흐렸지요. 마음이 가라앉고 글도 잘 써지지 않았어요.
밤 산책을 하면서 가로등 불빛 아래 날리는 희미한 눈발을 만났구요.
세수하고 침대에서 책을 보다가 후배의 전화를 받았어요.
—우리 밤눈 볼까?
후배는 집으로 가던 택시를 돌리고, 나는 벌떡 일어나 모자와 코트를 걸치고. 그리하여 우리가 앉아 있던 골목 안 작은 사케집.

가로 나무살이 있는 유리문 너머로 눈발은 쏟아지고 쏟아지고.
눈을 뭉쳐 멀리 던지기 시합을 하는 세 청년의 웃는 얼굴이 골목에 가득 차고.
눈은 사선으로 퍼붓다가 직선이 되었다가 빨라졌다가 느려졌다가 멈추었다가 살아났다가 가득 찼다가 희미해졌다가 이윽고 조용히 멎었고……



아침에 일어나 블라인드를 열어보니, 그렇게 다녀갔군요.
거리에 나가보면 눈을 치우느라 이 아침이 더 바쁘겠죠.
하지만 나에게는 멋진 밤이었어요.
어느 소설에 '행복은 인생의 어떤 하루일 뿐이고'라고 쓴 적 있는데
오늘은 이렇게 바꾸고 싶어요.

행복은 인생의 어떤 수많은 하루'들'일 뿐이고.

## '모두에게 복된 새해'!

설 전날이면
설빔을 차려입고 엄마를 따라 개천 건너 큰집에 갔어요.
탱자나무로 둘러싸인 기와집 동네.
엄마는 큰엄마들이 일하고 있는 부엌으로 직행하고
나는 사촌들과 어울려 뛰어놀았지요.
어른들이 분주한 덕분에 약간의 해방감이 있는 날.
오빠들은 대담하고 짓궂은 장난을 계획하고
언니들은 서로의 은밀한 비밀을 교환하다가 불쑥 데이트를 나가고.
저녁이 되면 남자 어른들이 하나둘 도착하기 시작해요.

우리 아빠는 언제나 가장 늦었어요.
아빠를 기다리다 잠들어버린 적이 많았는데
잠결에 아빠 목소리가 들리면
눈을 떠야지 생각하면서 그대로 다시 잠으로 빠져들었던 기억이 나요.
어느 날 친구에게 한 말.

— 나, 아빠 돌아가신 뒤 후회 많이 했거든. 그럼 엄마한테라도 잘해드려야 하는데, 그게 잘 안 돼. 엄마가 돌아가신 뒤에도 또 후회하겠지?
그런 걸까……

모두들 새해 복 많이 받으시구요.
간단하지만은 않은 가족 생각은, 음…… 그냥 따뜻하게, 되도록 편안한 마음으로 받아들여요.
저도 그렇게 보내겠습니다.

일 년 중 사흘 정도는 어른스러워지는 한 사람 올림.

# 일주일에 이틀만 순결하면 돼

사람들이 오해하고 있다. 소설가는 행복할 때 소설을 잘 쓴다.

—『아름다움이 나를 멸시한다』 '작가의 말' 중에서

지난주에는 좀 자주 놀러 나갔어요.
— 연재하는데 이렇게 마셔도 돼?
호방하게 대답했죠.
— '순결한 이틀'만 있으면 걱정 없어!



저는 원고를 많이 고치는 편이에요.
마음이 급해서 초고는 좀…… 형편없죠.
원고를 보낸 뒤로도 부분적으로 계속 업데이트를 하니
미모의 우리 편집자께서 고생 막심이랍니다.(먄!)
그렇게 주중에는 교정보고 구상하고 자료 정리하고요.
주말이 다가오면 책상에 딱 붙어 심신을 풀가동시켜서 집중적으로 써요.
물론, 살짝씩 놀아주는 주중 시간에 체력 관리를 잘해야만
깨끗한 백지처럼 온전한 주말 시간을 확보할 수 있지요.
나는 그 시간을 '순결한 이틀'이라고 불러요.
일하고 사는 데 있어서, 일주일에 이틀만 순결하면 되지 않을까요?

말은 이렇게 하지만요.

결국 집중 기간이 사나흘 정도는 필요하더라구요.
게다가 지금 살짝 몸살 기운이 있어요.
김현 선생이 옳았어요.
술이라는 친구, 너무 정직해서 반드시 준 만큼 돌려받는다니까요. 흑.

그래도…… 재밌게 사는 게 남는 거지 뭐, 맞죠?
그리고 제 소설 속 주인공은 이렇게 말하잖아요.
'시간이란 절대로 균일하지 않다'라구요.

덧붙이자면, 위 문장에서 정확한 단어는 균일이 아니라 '균질'이겠죠.
그런데 평범한 열일곱 살 남자 주인공은 이 단어를 알 것 같지 않았어요.
고민 끝에 나의 선택은 정확성보다 실감.
과연 일물일어설一物一語說까지도 넘어선 작가적 유연성으로 보아줄까요?

# 이런 말 듣기를 간절히 원한 적 있었죠

나만 믿어.

이런 말 듣기를 간절히 원한 적이 있었죠.
이제 내 입으로 하고 있군요.
연재하는 동안 함께 달려줄 편집자에게 보냈던 문자랍니다.
자꾸 입에서 맴돌아요. 나만 믿어.
그리고,
나 믿지?

내가 먼저 말하는 것도 괜찮은걸……

# 연재를 하면서 달라진 점, 달라지지 않은 점

연재를 하면서 달라진 점.

비타민 한 알 챙겨 먹지 않던 사람이 매일 홍삼을 먹는다.
재미있는 책과 영화와 개콘과 하이킥을 멀리한다.
나름대로 '친절'을 익혔으며 늘 새벽에야 잠들던 사람이
초저녁에 전화기를 끄고 잔다.



달라지지 않은 점.

위의 호들갑이 오래가지 않으리라는 걸 안다.

> 나를 바꿀 수 있는 것은 일반적인 다수가 아니라
> 나에게 중요한 어떤 사람들이다.
> —『아름다움이 나를 멸시한다』 중에서

위의 다짐은 오래갔으면 한다.

# 짧았던 나의 컬러링 역사

그런 기사가 난 적 있어요.

이 사람들은 어떤 컬러링을 사용하나……

소설가 은 아무개는 컬러링 안 쓰는 사람 중 하나이다……

맞아요. 그때만 해도 컬러링에 전혀 관심이 없었으니까요.

어떤 곡을 선택하는가, 거기에도 사적인 정보가 담기는 셈인데

아무에게나 노출되는 게 싫었지요.

작년 여름 터치폰을 쓰기 시작하면서 달라졌어요.

전에는 전화기 기능 같은 거 별 관심 없었지만,

뭐야, 이건 너무 재미있잖아!

사전과 다이어리는 가장 애용하는 항목이었고요.

상대의 생일을 입력해놓고 전화받을 때마다 뜨는 바이오리듬을 체크했고

한동안 끊었던 스도쿠도 다시 시작하게 됐고

새장도 그려보고, 화면에 손글씨로 구호도 적어놓고, 메모난도 가득 찼고.

컬러링도 그때 시작했어요.

첫 컬러링은 퇴폐적이고 파워풀한 에이미 와인하우스의 〈Love is a Losing Game〉.

(퇴폐는 언제나 환영!)

부담스러워하는 사람이 많아 바꾼 게 허밍 어반 스테레오의 〈하와이언 커플〉.
(귀여워 귀여워 웃을 때 귀여워……)

어이없게 귀여운 척한다는 여론에 밀려 다시 바꾼 게 슈프림팀의 〈나만 모르게〉.
(사랑이 아니어도 난 괜찮아 심심해서 만나는 것도 좋아 다른 사람 만나도 난 괜찮아 내가 너의 두 번째라도 좋아. (그때 이 노래 왜 자꾸 따라 부른 거니, 응?))

그러다가 좀 무난하게 살면 안 되겠냐는 충고를 받아들여 선택한 게 알렉스의 〈깍지 껴요〉였죠.

그럭저럭 평도 좋았고, 가장 오래 갖고 있었던 노래인데……

어제 날이 따뜻해 거리를 쏘다니다가 충동적으로 전화기를 스마트폰으로 바꿨어요.
웬일인지 요즘 이런 식의 나답지 않은 일이
점점 나다운 일이 돼가고 있답니다.
밤이 되어 정적 속에 혼자 있자니 기분이 좀 이상해지는걸요.
지난여름 『소년을 위로해줘』를 쓰기 위해 2주간 제주에 머물 때
처음 쓰기 시작했던 터치폰인데……

덥고 습기찬 서귀포의 낡은 연립에 틀어박혀
쓰겠다는 소설은 못 쓰고 대신 터치폰의 온갖 기능을 탐색해보며

내내 그리워했던 얼굴들,

그리고 그때 나를 혼란에 빠뜨렸던 뜨거움과 절망과 잡념들……

이제 다 안녕인가봐요.

(실은, 소설 쓰러 가서 딴짓에 몰두하는 건 정상적인 과정. 매뉴얼 익히기를 포함, 그토록 하기 싫어하는 공부조차도 소설 쓰기보다는 덜 두렵다니까요.)

아직 새 전화기가 익숙하지 않아요.

나름 빠르고 날렵했던 손끝이 그만 괭이발이 되었어요.

내게 전화 거는 사람들에게 새 전화기는 어떤 소리를 들려주고 있을까요?

지금 기분 같아서는 다시 컬러링을 하고 싶지 않군요.

지난여름의 첫 느낌이 끝나버렸으니까요.

# 우리 모두 배워보아요

어떤 소용돌이의 한가운데에 빠져 흔들리고 있을 때는
거기 몸을 맡기고 즐기는 게 가장 좋겠죠.

하지만 가라앉기 전에 이제 그만 균형을 잡아야겠다면
반대편 기슭을 향해 힘껏 몸을 날려야 하는 거겠죠?
마음 아파라, 황홀하고 짧았던 봄빛……

아니죠.
그럴 게 아니라, 우리 모두 수영을 배워보아요.
숨쉬기, 발차기, 손바닥을 수면에서 힘껏 마주쳐서 남의 얼굴에 분수 뿜기!

## 싱크로율 100%, 충전된 나의 모습

소설이 안 써져 괴로웠던 시기에 종종 거친 여행을 했었어요.
그때의 충전이란,
휴식을 얻거나 새로운 체험으로 나를 채우는 것보다는
오히려 불필요하게 복잡하고 또 경직돼버린 생각을 모조리 내던져버리는 거였죠.
그런 다음 새로운 근육을 붙여
나를 간명하고 또 독하게 만들고 싶었어요.

이러다가 죽을지도 모른다고 생각하며 걷고 걸었던
해발 4천 미터의 눈길.
새벽 안나푸르나 베이스캠프에 도착해 마음속으로 외쳤던 말을 기억합니다.
—나,는,소,설,이,쓰,고,싶,어,안,달,이,난,상,태,입,니,다!

재작년 여름에도 두 달간 여행을 했어요.
그중 한 달은 배낭여행이었구요.
손발 여기저기에서 터지던 물집들이 굳은살이 될 즈음
비로소 몸이 가벼워지더군요.
일주일에 한두 번 새로운 도시에 도착할 때마다 운동복 반바지를 입고
관광객들로 붐비는 거리를 달리며 중얼거리곤 했죠.

— 돌아가면 분명 소설을 쓸 수 있을 거야!

그때 나는 나 자신이 활달하고 자유롭고 그리고 강한 사람으로 바뀌었다고
얼마나 믿고 싶었던지요.

# 그 어떤 만남이라도 좋아!

어떤 틀로도 패턴화되지 않기 때문에
결코 상투적일 수 없는 너와의 만남이 좋다.
의외성과 돌발이 좋다.

하지만 그 어떤 만남이라도 좋아. 상관없어.
이런 금요일엔.

# 편집의 거짓말

대학생 때 학생수첩을 적던 생각이 나요.
새 학기 시작이라서 3월은 일도 많고 시간도 약간 느리게 갔죠.
그러다 3월 마지막 날, 한순간 당황해요.
한 달밖에 안 보냈는데, 1년의 4분의 1이 지나가버렸어!!

숫자의 편집에 속지 말기로 해요.
의도된 거짓말이 들어 있을 수 있어요.
가령 재촉이라거나 지나친 의미 부여라거나.

『지도와 거짓말』이란 책을 보니까 지도조차도 거짓말을 하더군요.

# 배신의 아이러니

그중에서도 가장 불온하고 멋진 배신은 사랑이 아닐까.

사랑은 자유를 배신하고 법치주의를 배신하고 사랑하는 사람을 배신하고, 지속되기를 거부함으로써 사랑 자체를 배신한다. 사랑은 나 스스로 만든 환상을 깨뜨려서 나 자신까지도 배신한다.

사랑에서 환상을 깨는 것이 배신의 역할이다. 환상이 하나하나 깨지는 것이 바로 사랑이 완결되어가는 과정이라면, 사랑은 배신에 의해 완성되는 셈이다.

사랑은 환상으로 시작되며, 모든 환상이 깨지고 난 뒤 그런데도 자기도 모르게 어느새 그를 사랑하게 되어버린 것을 깨달으면서 완성되고, 그러고도 끝난다.

—『마지막 춤은 나와 함께』 중에서

이걸 쓸 때에 나는 참 과격한 척하고 또 많은 것을 알았군요.(진땀.)
그러나 12년 후에 내가 전혀 다르게 생각하리라는 건 몰랐으니
삶에는 이렇게 배신이 있어 살 만하다니까요.

그럼 결국 저 글이 틀린 것도 아니네요?
이런, 배신의 아이러니!

—잘 안 될지도 모른다는 불안을 배신하자.

## 역시, 섬세하고 따뜻한 돌발!

한 사람의 독자로서, 나에게도 좋아하는 작가들이 있어요.
동료나 후배이긴 해도 어쩔 수 없이 약간은 팬의 마음으로 대하게 되죠.
모임 같은 데에서 옆자리에 앉게 되면 기분이 좋구요.
그쪽에서 무슨 말을 하든 재미있어할 준비를 갖추고 귀를 기울여요.

며칠 전 그런 후배 중 한 명에게서 메일이 왔어요. 지금 쓰고 있는 소설 『소년을 위로해줘』에 대한 말을 꺼내길래 마음이 들떠 더 이상 읽지 못하고 자리에서 일어나 방 안을 서성거리다가 다시 돌아와 나머지를 읽었어요.

쓰는 작가도 위로받아야 할 것 같아 음악파일을 하나 보낸다고 적혀 있더군요. 역시! 섬세하고 따뜻한 돌발……
잘생긴 남자들의 눈길을 받는 것도 도움이 되지만(기억하시죠?)
멋진 배려와 그리고 그 마음이 표현될 때, 이건 배기량이 더 많은 차 종인지 몸이 붕 떠서, 조금 더 멀리까지 실려가더군요.
이제 나도 머릿속에 담아두지만 말고 자주 표현을 할까봐요.

"이봐. 사랑하는 사람들은 만나고 싶어해. 왠 줄 알아? 그 사람이 나를 사랑한다, 그 사실을 아는 것만으로는 사랑이 되질 않거든. 만나서 그 사실을 자꾸 확인하고 또 표현하고 싶어지는 게 사랑이라구."

—『그것은 꿈이었을까』 중에서

## 그 개념 나에게는 성립 안 돼!

소설을 왜 쓰냐는 질문에 이런 식으로 대답해왔다.

1. 내가 누군지 알고나 살아야겠다는 생각에.

2. 내 삶의 상투성에 넌더리가 나서 혹은 내가 하고 싶은 일을 하면서 살려고.

그 다음 말은 속으로만 중얼거렸다.

3. 신문광고를 보고.

4. 친구의 권유로.

3, 4번이 아니듯 1, 2번 역시 정답은 아니었는지도 모른다.

가령 '어쩌다보니'라든가 '재미있어서'가 더욱 진실에 가깝지 않았을까.

사실 처음 소설을 쓰기 시작할 때는 내 인생이 새로운 국면을 맞은 것 같았고 신도 났었다. 외롭고 힘들 때, 괜찮아, 이걸 소설로 쓰면 그래도 그게 남는 거지 뭐, 라고 중얼거리기까지 했다. 그런데 요즘 나는 다시 지겨워졌다. 나는 과연 자유로워졌는가, 이것이 내가 바라던 새로운 나인가 하는 질문이 나를 조급하게 만들고 있다. 그러나 부탁이니, 당신, 어떤 삶이든 결국은 자기를 틀에 가두는 과정이라는 말로 나를 건전하게 만들지는 말아주기 바란다.

—『행복한 사람은 시계를 보지 않는다』 '작가의 말' 중에서

비슷한 시기에 '나는 왜 소설을 쓰는가'라는 신문 칼럼에 이런 구절도 썼었죠.

'연애편지를 쓰다가 들키면 소설이라고 우기려고.'

자유로워지고 싶은 것이 삶에 저항하는 것처럼 보인다면 내 잘못이 아니다. 틀을 만든 세상의 잘못이다.

—「먼지 속의 나비」 중에서

요즘은 틀이란 말조차 하기 싫어졌어요.
'그 개념은 나에게는 성립 안 돼!' 이렇게 말해버려요.
……말이라도 해보자 뭐.

# 지금은 새벽 4시 10분

눈이 쌓여서 창밖의 시간이 더욱 조용하게만 느껴져요.
하지만 자정 무렵까지는 얼마나 소란했던지!
다음은 시끌시끌 문자 중계.

—이 멋진 눈을 어디에서 보고 계신지.
—흑흑 이런 멋진 마지막 눈을 버려두고 내일분 원고를 쓰고 있어야 해?

—네가 세상에 와준 날!! 그래서 내 인생도 이이이이만큼 좋아졌어요!! 곧 만나서 맛있는 거 먹자!!
—히히 어찌 알았찌! 나도 내가 태어나 선배를 만났으니 기뻐요. 오늘은 나를 예뻐해주겠음.

—근처 있는데 눈도 오고 소주 한잔 어때요.
—허각, 안 그래도 눈 때문에 괴로운데. 내일 올릴 원고를 이제야 시작하려는 참이에요, 흑흑.
—펑크라는 것도 있던데, 흑흑.
—완전비상이라;;; 시험공부 다해놓고 방해차 놀러 다니기예요?
—파이팅해.^^

—30분 남은 너의 생일을 마지막 눈이 마구마구 축하해주고 있네.

—3월에 내리는 눈 봐야지요. 암튼 얼른 나가보세요. ^^

—소나무 가지 사이에 눈 쌓였다가 바람 불면 음악처럼 흩어지겠네. 낼 아침도 이쁘겠다~

—이대로 밤 새워버릴꼬얌. 쓰자마자 새벽 거리로 뛰쳐나가야지.

지난 사흘 동안 컨디션이 안 좋아 원고를 연달아 쓰지 못하고 당일연재를 했어요.

이제 풀렸어요. 마지막 눈 덕분에.

자정 무렵 초고만 써놓고 드디어 거리로 뛰쳐나갔답니다.

실은 소설 주인공들이 가게 될 힙합 공연장의 밤 풍경을 보러 간 것임.

새 휴대폰으로 사진을 찍고 나니 마지막 밤눈이고 뭐고 단지 추울 뿐.

어렵사리 택시를 잡아 돌아오는 길, 바퀴가 휙휙 돌아가너라구요.

맨발로 나갔더니 발이 얼음장 같네……

소설을 위해서 발 벗고 나섰다나 뭐라나……

# 사실과 진실의 사소하고도 엄청난 차이

원주의 토지문화관에서는 매달 문학 강연이 열려요.

그곳에 있는 작가 집필실에 머물 때 동료 작가의 강연에 가본 적이 있지요.

질문 시간에 한 중학생이 손을 들었어요.

"말씀해주세요. 다음 중 문학과 관련 없는 것은?

1. 사실　2. 진실　3. 플롯　4. 인물

여기서 정답이 뭐예요? 시험에 나왔는데 저는 1번과 2번이 헷갈려요."

여기저기서 웃음이 터져나오는 가운데 그 작가가 답변했어요.

"얼마 전 여자 후배와 영화를 보러 간 적이 있어요. 그날 밤 아내가 묻더군요. 당신 여자랑 영화 보러 갔어요? 나는 아니라고 대답했지요. 그 후배를 여자로 생각하지 않았으니까요. 그런 것이 진실이구요. 남자가 아닌 성별을 가진 사람과 영화를 보러 갔다, 그런 건 사실입니다. 아마 문학이 허구라는 사실을 강조하려고 출제한 문제인 것 같군요."

어머나! 저렇게 멋진 사람이었어? 소설만 멋진 게 아니잖아.

어쨌거나 사실과 진실. 그런 차이가 있더라구요.

# 심플이란 하나의 경지

1. 비밀이란 심술궂어서 자기를 절대 보이기 싫어하는 것만큼이나 누군가에게 공유되어지기를 간청하는 속성이 있다.

2. 아무도 몰랐으면 좋겠지만 그런데도 누군가에게 들려주고 싶은 이야기, 그 생각만 하고 있다.

비슷한 생각인데,
1은 1995년 『새의 선물』 신희 버전이고
2는 2010년 『소년을 위로해줘』 연우 버전이에요.

한 대학의 동아리에서 내게 메일을 보내온 적이 있어요.
소설 한 편 속에 몇 개 정도의 어휘가 쓰이는지 조사해봤는데 그 과정에서 내가 단어를 꽤 많이 사용하는 작가라는 걸 알게 되었다고 하더군요.
문장에 대한 취향일 뿐이지만, 나에게 좀 그런 강박이 있긴 해요.

> 내가 소설의 언어에서 원하는 것은 두 가지이다. 정확성, 그리고 의외성이다. 정확하지만 낯선 언어, 그것들로 빽빽해져 있는 소설? 그다지 잘 읽힐 것 같진 않지만 어쨌든.
>
> —은희경, 「닿는 순간 미끄러져버리지 않고 제자리에 가 박히는 것으로」, 『작가세계』 2005년 가을

레이먼드 카버의 말을 빌리자면, 이런 세계.

구두점 하나라도 자신이 말하고자 하는 바를 가장 잘 나타낼 수 있는 제자리에 가 박히는 것이 낫지 않겠는가. 만약 단어들이 작가 자신의 억제되지 않는 감정으로 뒤죽박죽된다면, 혹은 기타 다른 이유 때문에 정확하지 못하거나 명확하지 못하게 된다면 독자의 눈은 바로 그 단어 위에서 미끄러져버리고 만다 — 헨리 제임스는 이러한 종류의 불운한 글을 '허약한 설명서'라고 표현했다.

— 레이먼드 카버, 「글쓰기에 대하여」, 『부탁이니 제발 조용히 해줘』

얼마 전부터 내 소설이 자꾸 무거워진다는 걸 깨닫게 됐어요.
무거운 것, 뭐 나쁘지 않죠. 근데 '자꾸' 무거워진다는 건 좀……

대학원 때 영문학 강의를 들었는데 교수님이 늘 강조하던 말씀.
— 잘 아는 사람일수록 쉽게 쓴다.
그분한테서 풍기던 대가다운 단순함.

나는 지금 쓰고 있는 소설이 나를 가볍게 만들어주기를 바라요.
그래서 이 소설은 기초 단어, 평이한 문장, 유길준의 『서유견문록』이래 아직도 진행 중인 언문일치, 그리고 가벼움을 지향한답니다.
— 가볍게 살고 싶다. 아무렇게라는 건 아니다. (요건 『마지막 춤은 나와 함께』의 어른 진희 버전)

그런데 솔직히 말해도 된다면,
쉽게 말하는 게 결코 쉬운 일은 아니네요.
과연, Simplify is not stupidity, 심플이란 하나의 경지!

# 모호하기에 경쾌한 말

몇 년 전 피스&그린보트라는 걸 탄 적이 있어요.
환경을 주제로 한 일종의 크루즈였죠.
그때 함께 지냈던 후배 작가들과 무척 친해졌어요.
2주 동안이나, 그것도 망망대해의 배 안에서 삶을 같이 한다는 건
무척 각별한 경험이더라구요.
그 배에 같이 탔던 한 만화가가 나에게 물은 적이 있어요.
— 소설을 당신처럼 쓰려면 얼마나 훈련을 해야 하나요?
— 한 3년?
내가 농담했죠. 어차피, 그런 거 없잖아요.
옆에 있던 후배가 덧붙였어요.
— 나처럼 쓰려면 3개월이면 되구요.
그리고 그 옆에 있던 다른 후배를 가리키며 말했답니다.
— 이 사람처럼 쓰려면 다시 태어나는 수밖에 없어요.

며칠 전 '그렇게 쓰려면 다시 태어나는 수밖에 없는' 후배가 사는 동네에
놀러 나갔다가 우연히 그를 만났어요.
저녁이라도 함께 먹자고 음식점을 찾아나서며
내가 어디가 좋을지 물었어요. 그 동네 사람이니까.
그의 대답.

—내 기억으로 한두 달쯤 전 같은데 맛있을지도 모르는 일식 비슷한 집이 이 어디쯤에 곧 개장할 거라는 현수막이 걸려 있었던 것 같은데 이쪽으로 가다보면 그게 어딘지 기억이 날 것도 같아.

내가 감탄스럽게 대꾸했죠.

—정말이지, 이렇게 정확한 말은 처음 들어봐!

문화예술위원회에서 주관하는 〈문장배달〉이란 게 있어요.

내가 그 지면에 「동물들의 권태와 분노의 노래 1—물속의 알람 소리」라는 그의 멋진 소설을 소개했었지요.

낯선 문장의 매혹이라고 할까요.

읽다보면 내 마음이 예민하고 슬퍼진답니다.

모호한 것들이야말로 진정 명쾌한 것이라는 아리송한 생각도 좀 들구요.

그날 밤 즐거웠답니다.

애매하고 모호하고 어처구니없고

그러고도 그것들 모두 슬프게도 명쾌해서.

# 마지막이 언제일지는 아무도 몰라요

어제 오후 5시쯤 문자가 왔어요.

—눈 산발.

원고를 쓰던 나는 벌떡 일어나 창밖을 내다봤고,

답 문자를 보냈죠.

—뛰쳐나가보니 우리 동네는 아직 당도하지 않았으나 오는 중!

—45도로 흩날리고 있으니 좀 늦게 갈 거임.

—어서 오너라, 삐딱하게.

다시 책상에 앉았지만 마음이 급해지기 시작했어요.

'무려' 3월 18일의 눈!

문자 보낸 사람, 지난번 눈 오던 밤에는 일하느라 꼼짝 못한다며

'이게 절대 마지막 눈이 아니야'라고 우기더니

과연 그 말이 맞았네.

원고를 다 쓰고 전송한 뒤 놀러 나가려는데

편집자에게서 온 메일 첫머리.

—이쯤 되면 이 눈 역시 마지막이 아니라는 생각이 드는 거죠.

응, 그래요.

처음이란 건 누구나 알지만

마지막이 언제일지는 아무도 몰라요.

마지막일지도 모른다는 생각과 결코 마지막은 아니라는 생각,
그 사이의 조마조마한 긴장이 생에 탄력을 주는 걸까요.

어찌하여 삶은 시작되는 순간부터 소멸해가는가, 라는
「두이노의 비가」의 한 구절이 떠오르는 아침.

하지만 오늘 새벽 내가 마지막으로 보낸 문자는
— 오늘 술집에서 들은 대화인데, 올해 크리스마스가 1년도 안 남았대.
그럼요. 마지막인지 아닌지 뭐가 중요해요. 곧 또 처음이 올 텐데.
첫눈이든 올해 크리스마스든, 그리고 새로운 사랑이든.

## 이 맛에 킬힐을 '안' 신는구나!

얼마 전 길을 가다가 충동적으로 쇼윈도에 전시된 킬힐을 샀어요.
무려 12센티미터짜리라죠.
지금까지 딱 세 번을 신었답니다.

첫 번째는 후배의 새 책이 나와 축하하는 자리.
모두들 재미있어했죠. 번갈아 신어보기도 하고.
하지만 유난히 가팔랐던 그 술집의 계단을 오르내리며 얼마나 걱정이 되던지요.
나, 성한 몸으로 집에 돌아갈 수 있을까.(덜덜.)
입으로는 계속 농담을 했죠.
— 높은 데는 공기가 다르구나.
— 눈높이가 맞으니 대화 수준이 동등해지네?

두 번째는 거의 롤러코스터 수준이었어요.
무슨 일로인가 한숨도 안 자고 밤을 꼬박 새운 뒤였거든요.
몸은 나른한 채로 감각은 최고로 곤두서 있는데
그 '몽롱한 각성 상태'를 그냥 잠으로 뭉개버리기는 아까웠어요.
위태로움과 날카로움을 상승시키기 위해 킬힐을 신고 나간 거예요.
유난히 바람이 많이 불고 추운 날.
언덕과 골목을 한 시간 가까이 걸었어요.

그런 다음에 '그렇게 쓰려면 다시 태어나는 수밖에 없는' 후배와 만난 것이구요.
키 180센티미터가 훨씬 넘는 그와 나란히 걸으면서
그날처럼 대화가 수월하고 자세가 안정된 적은 한 번도 없었다죠?

세 번째는 힙합 공연장에 갈 때였어요.
어차피 무대는 보이지 않을 테니 소리만 들을 각오로 뒤쪽으로 가서 섰는데 하하, 12센티 킬힐이 나를 그렇게 내버려두지는 않더라구요.
덕분에…… 볼 만큼은 볼 수 있었어요.
손을 들어 흔들 때마다 비틀거리는 건 뭐, 어쩔 수 없다지만요.

뭐니 뭐니 해도 킬힐이 좋은 가장 큰 이유는
그걸 신었던 다음날 제일 잘 알 수 있어요.
낡은 청바지 아래 발에 익숙한 운동화를 신고 현관문 밖으로 한 걸음 내디뎠을 때, 그 순간 발바닥으로부터 가슴으로 전해져오는
자유로움과 활기와 가벼움과 해방감이란!
이 맛에 킬힐을 '안' 신는구나!

어쨌든 킬힐은 아름다워요.
다른 높이의 공기를 숨쉬고 싶을 때, 키 큰 남자와 마주칠 수도 있는 날에, 스탠딩 공연을 보러 갈 때, 그리고 이튿날 돈 안 들이고 자유로움을 느끼고 싶은 순간 등등에 유용하구요.
킬힐이 좋은 이유, 또 뭐가 있을까……
어쩐지 '킬'이란 말만으로도 충분히 좋지 않은가요? 좀 소심했나요?

# 트위터

―같이 가자.

―난 괜찮아.

―같이 가자니까.

―됐어.

―같이 가자구.

―그래! (제가 이런 식이거든요.)

―은 선배 그거 안 한대.

―그래? 세 번 말해봤어? (후배들도 이런 식이었구요.)

그런데 요즘 제가 바뀌는 중이에요. 트위터를 시작했어요.

그래도 그곳에 아는 사람이 셋은 되던걸요.

그리고 며칠 동안 이런 글들을 올렸어요.

거짓으로 사랑하였으나 목놓아 울었다―황병승. 이런 멋진 날씨엔 거짓 친절과 더불어 거짓 위악이 필요하다.

지금 내가 서서 보고 있는 것―소나무숲을 흔드는 불길한 바람. 지금 내가 생각하는 문장―사랑에 빠졌을 때 가장 필요한 것 중 하나, 혼자 있는 시간.

그리고 그 다음 문장은 이 정도?—혼자 있는 시간이 사랑의 환상을 가장 달콤하게 완성해주고 그런 뒤에 가장 가혹하게 해체해버린다.

일찍 자려고 위스키 두 잔 마셨는데, 이 정도 상태에서 무조건 무장해제되는 게 김수영과 쿤데라. 오늘의 김수영은 '반성이 반성을 반성하지 않는 것처럼' 그리고 쿤데라는 '너를 사랑하면서 동시에 이 세계를 경멸하는 건 불가능하다.'

그리고 '트친'과 이런 대화도 나눴어요.

eaeon : 하루 종일 카드점을 보며 보낸다면 오늘과 비슷할 거야. 좋은 점괘가 나올 때까지 집요하게 다시 돌리고 돌리어 마침내 썩 괜찮은 '오늘의 운세'를 받아들자 하루가 끝났다.
나 : 하지만 길고 긴 인생의 하루가 끝나가는 날 늙은 뒤라스는 책의 서문에 쓰기를, 나의 밤의 연인 얀에게.
eaeon : 손에 쥔 근사한 카드가 있다는 건 여전히 행운인가봐요.

나 : 앗, 어젯밤엔 이 문장을 왜 못 봤죠? 봤다면 혼자 마시는 술이 두 잔으로 그쳤을 것이고, 새벽에 온 문자를 받았을 것이고, 그랬다면 일요일 아침, 기도문은 아닐지언정 '피파의 노래'라도 읊었을 텐데.
eaeon : 신은 하늘에 계시니. 세상은 무사하여라! :)
나 : 그러니 그냥 그대로 거기 계시어요, 자크 프레베르 버전으로. ㅎㅎ

# 너를 알아본다는 것

신기하죠? 수많은 사람들 속에 섞여 있어도
누구보다 먼저 알아볼 누군가가 있다는 건.
— tanosiy, 『소년을 위로해줘』 답글 중에서

서울 한복판에서 서로를 스쳐가도
너란 걸 알아챌 수 있다는 건 분명한걸.
— Jerry. K, 〈오래된 연인〉 중에서

점점 가까워지는 요한의 모습을 바라보며 안나의 입에서 생각지도 않은 말이 튀어나왔다. 오늘 눈 올지도 몰라. 크리스마스 무렵이라 명동에는 사람들이 넘쳐났지만 안나는 아무리 많은 사람 가운데 있어도 요한은 한눈에 알아볼 수 있을 것 같았다.
— 은희경, 「다른 모든 눈송이와 아주 비슷하게 생긴 단 하나의 눈송이」 중에서

twit

# 질서들

비가 오네…… 대체 하루에 계절이 몇 번 바뀌는 건지. 온난화란 말을 기후변화로 바꿔 쓰게 되는 이유가 실감되는, 오늘은 물의 날.

사물을 정면에서 보는 게 믿지 못할 방식이라 생각해서, 반대편에서 보고 뒤집어 보았다. 그보다는 개념을 해체한 다음 나의 질서로 재편하는 게 맞다고 생각했지만 그건 공정이 복잡했다. 그것을 소셜 미디어가 도와준다. TED 강연을 본 날.

## 관심 없는 것까지 다 알면서 살아야 하나요? 그랬던 내가……

단 것을 별로 좋아하지 않아요.
달콤한 케이크보다는 고소한 바게트나 하드롤을 좋아하거든요.

지난 금요일 후배가 나를 맛있는 케이크집에 데려갔어요.
케이크를 먹은 건 몇 달 만이었을 거예요.
그런데 다음날에도 또 케이크를 먹었지요.
아이스크림을 얹은 애플파이, 레어치즈 케이크, 당근 케이크, 퐁당 오 쇼콜라, 그레이프 무스.
나한테는 이처럼, 통 하지 않던 일을 한번 하기 시작하면 마구마구 내달리려고 하는 이상한 객기 혹은 파괴충동 같은 게 있어요.

핸드폰에 처음으로 발신자표시 기능이 생길 즈음 신문에 칼럼을 썼어요. 굳이 알 필요 없는 것까지 다 알면서 살아야 하냐고 말이죠.
전화벨이 울리자마자 내가 누구인지 알리는 게 싫어서
한동안은 발신자표시를 차단하기도 했는데요.
특히 나를 드러내는 소통방식에 있어서 좀 폐쇄적이었죠.
그랬던 내가 얼마 전 스마트폰을 쓰기 시작하고 한발 더 나아가 트위터까지 갔답니다. 왜 그랬는지는 나와 딱 한 사람만이 알겠지만.
어찌 보면 그냥, 때가 된 거겠죠?

# 가끔 필요하잖아요, 어이없는 존재가 돼보는 것

후배의 블로그에 놀러 갔다가 플래밍 립스의 공연 동영상을 보았어요.
〈Yoshimi Battles the Pink Robot〉.
요시미라는 가라데 소녀가 지구를 구하기 위해 핑크 로봇과 싸운다는 가사와 음치가 부르는 듯한 음정,
모두 너무 귀여워요. (세련된 스킬이겠지만요.)

신촌의 향 레코드점에 나가 시디를 사왔어요.
헤드폰을 낀 채 두 다리로 버티고 서서
천천히 몸을 앞뒤로 움직이며 큰 소리로 따라 부르면
나 자신이 천진한 존재 같아서 기분이 좋아져요.
마음껏 바보짓을 해보는 속시원함이랄까요.
가끔 필요하잖아요, 어이없는 존재가 돼보는 것.
일종의 퇴행 욕구? 아, 이런 골치 아픈 주석은 달지 말기로 하고요.

시리즈로 이어지는 요시미의 이야기.
마지막에 소녀가 그 무시무시한 핑크 로봇을 물리치는데 그건……
핑크 로봇이 그만 요시미를 사랑하게 되었기 때문이래요.
귀엽고도 비정하고도 슬픔 가득한 이야기, 요시미는 핑크 로봇과 전투를 벌인다……

갑자기 내 소설 제목 중 가장 긴 게 뭐지? 하는 생각이 드는데요.
「행복한 사람은 시계를 보지 않는다」
「누가 꽃피는 봄날 리기다소나무 숲에 덫을 놓았는가」
「다른 모든 눈송이와 아주 비슷하게 생긴 단 하나의 눈송이」
「나는 슬픈 마음으로 꿈속에나 있는 밤의 놀이동산으로 가고 있다」

마지막 소설은 아직 나도 못 읽었어요.
다음에 쓸 단편소설의 제목이거든요.
꿈속에서 나와 함께 백화점과 놀이동산에 갔다는 누군가의 말을 듣고
웬일인지 슬픈 마음이 들었는데, 그때의 감정을 소설 제목으로 만들고 싶었어요.
나, 그 사람을 좋아했나봐요.

## 나, 한번 해본 일; 10년 전과 1년 전

10년 전 〈책하고 놀자〉라는 라디오 생방송을 작가들이 한 달씩 맡아 진행한 적이 있었어요.

소설가 김영하 씨가 첫 번째 진행자였고 내가 두 번째였어요. 소설가 구효서, 하성란, 이만교 씨가 이어서 했구요.

그때 나 어땠냐구요? 한마디로 방송 사고의 날들이었죠. 그러니 가장 많은 발전을 이룬 진행자, 그게 나일 수밖에요. 쉽지 않은 일이란 걸 알면서도 그 일을 맡은 것은 일종의 취재였기 때문이랍니다.

새로운 상황, 낯선 직업의 디테일, 그 안에서 느끼게 되는 낯선 감정들, 에피소드…… 그런 걸 경험해놓아야 나중에 뭔가 쓸 수 있으니까요.

그런 식으로, 내키지 않지만 경험해놓기 위해서 하는 일들이 종종 있어요. 이를테면 육군 자문위원 같은 것. 신성하고 막중한 직무에 대해 함부로 말하려는 건 아니지만 군대, 계급, 전방, 남자만의 집단, 총과 탱크와 헬리콥터, 내무반, 곁눈질이나마 이런 걸 내가 어디에서 경험해 보겠어요. (장교클럽의 폭탄주만 해도……)

소설을 쓰기 위해서는 물론 취재가 필요해요. 하지만 어떤 것을 알아내기 위해 누군가를 만나서 문답을 나누는 취재는 나한테 맞지 않아요. 학창 시절 거의 질문을 하지 않았던 성격과도 관련이 있을까요.

어쨌든 나는, 상대가 뭘 알고 싶어하는지 알면 우리는 대개 정답을 맞히려고 자기도 모르게 일종의 편집을 해버린다고 생각하는 것 같아요. 나 자신이 인터뷰이가 될 때 자주 그러니까요. 미리 내린 결론 쪽으로 대답을 유도하는 매스미디어 식 취재를 소설에 적용하기엔 좀 위험한 구석도 있고 말이죠. 그래서 나는 어쩌다 취재 비슷한 걸 하더라도 디테일에 대해 질문하기보다는 상대가 가진 분위기를 파악하려고 하는 쪽이에요.

「지도 중독」이란 소설을 쓸 때 학원 강사의 일상과 심리에 대해 알고 싶었어요.
마침 10여 년 전 '은희경 매직 서커스 유랑단'이라는 카페 운영자가 학원 강사가 돼 있더군요. 몇 명이 어울려 함께 술을 마셨죠. 나중에 「지도 중독」을 읽어본 뒤 그가 말하기를 그 주인공이 자신의 모습은 전혀 아닌데 학원 강사로는 그런대로 실감이 난다고. (미안, 좀 부풀렸어……)

하지만 요즘은 반드시 취재 삼아 새로운 경험을 하는 건 아니에요. 주로 재미있을 것 같은 일들을 한번 해본답니다. 1년 전 패션지의 화보까지 찍어보았는데요. 재미있었어요. 그거 왜 했냐고? 재밌잖아!
— 이런 식으로 말하는 기분, 꽤 괜찮아요.

어떤 록 그룹의 인터뷰가 기억나는데 인터뷰어가 음악 세계에 대해 거창한 질문을 늘어놓으니까 이렇게 일갈하더군요.
— 우린 그냥 돈 때문에 한 거예요.
유쾌했어요. 산이 거기 있으니까 올라가는 것이지 무슨 딴 이유가 있겠냐는 유명한 산악인의 대답처럼. 하지만 그런 말을 해도 누구나 농담이라고 생각한다는 걸 알 만큼 자신 있다는 뜻이기도 한가요? 함부로 따라 했다가는 오만이라거나 위악이라고 욕먹을까요?

# 우리에게 다시 골목 가득 꽃향기를 담고 봄밤이 당도했으니!

몇 년 전 후배들과 도쿄에 놀러갔어요.
작가 세미나나 낭독, 교류 행사 같은 데 관련되지 않고
개인적인 여행을 함께하는 건 처음이었어요.
잘 먹고 많이 걷고 즐겁게 마시고 실컷 떠들고 두루두루 보고 이따금 헤매고…… 너무나 그리운 기억들뿐이네요.

마지막 날 술자리에서 내가 불쑥 이런 말을 했어요.
—우리 각자 잘하는 게 뭘까.

왜 그런 걸 묻게 됐냐면, 그 여행 내내
나는 정말 잘하는 게 없구나, 하는 생각을 했기 때문이었죠.
A는 정보에 밝고 쇼핑과 음식점 찾기 등 여행 기술이 뛰어나구요,
B는 일본어를 잘하고 일본 문화에 조예가 있구요,
당시 그곳의 한 대학에 연구원으로 가 있던 C는 일본어는 물론 도쿄 사정에도 밝구요, D는 길도 잘 찾고 판단도 빠르고 돈 계산도 잘하구요.
하지만 나는 도움되는 게 하나도 없었어요.
걸핏하면 지하철 티켓을 찾느라 온 주머니를 다 뒤지고
지명은 왼쪽 귀로 들으면 곧바로 오른쪽으로 흘러나가고
방향, 이런 건 도통 위와 아래도 구별 못하고
숫자만 나오면 패닉이란 건 거의 일상이고……

게다가 긴장한 탓인지 단어가 그렇게도 생각이 안 나는 거예요.

—후배들아. 두 글자인데, 통일되기 전에 동독이었던 곳이고
내가 지난번 낭독회 갔던 도시가 어디지?
모두 머리를 맞대고 한나절이나 생각했지만 맞힐 수 없었어요.
이튿날 나 스스로 알아낸 정답은 라이프치히였고요.
—얘들아. 세 글자인데, 귤처럼 생겼지만 더 크고 신 과일 있잖아. 이름이 뭐지?
정답은 그레이프프루트였다는.

—우리 각자 잘하는 게 뭘까.
반성과 절망이 담긴 나의 이 질문에
후배들은 왜지? 하는 표정으로 별 대답을 안 했던 것 같아요.
나 혼자 계속 머릿속에서 내가 잘하는 걸 찾고 있었고…… 결국 찾아낸 것은 '난 아이들 마음은 좀 잘 아는 것 같아!'였어요.

1년 뒤 그때 함께 갔던 후배들과 다시 일본에 가게 됐어요.
후배들이 말했어요. 어? 은 선배 완전 달라졌네?
지하철역도 몇 개나 외우고, 10엔하고 100엔 구별도 하고,
어느 쪽으로 가자는 말까지 하고? 단어도 절대 안 까먹어.
그러면서 여행 내내 끊임없이 라이프치히와 그레이프프루트 따위를 화제로 삼더군요. 흑……

다시 또 좋아하는 사람들과 그곳에 가고 싶군요.
왜냐하면, 우리에게 다시 골목 가득 꽃향기를 담고 봄밤이 당도했으니!

LACALIDAD
EN LA MATERIA
DE LA
VIDA

twit

# 트위터, 고독, 소설

나 아직 안 자. 하나둘 꺼져가는 불빛을 바라보며 이런 말을 혼자 중얼거리지 않아도 되는구나, 여기.

나의 첫 책에 쓰기를, '그 외로움이 소설을 쓰게 했을까. 세상이 내게 훨씬 단순하고 너그러웠으면 나는 소설을 쓰지 않았을 것이고, 아마 인생에 대해 알려고도 하지 않았을 것 같다'. 그런데 만약 그때 트위터가 있었으면 나는 고독을 견뎌내고 또 소설가가 안 되었을까.

아닐지도 모른다. 이곳에서의 고독은 해소되는 게 아니다. 서로의 고독끼리 다정해져 고독한 채로의 자신을 받아들이게 해준다. 너도 나처럼 고독한 존재라는 걸 깨닫는 것이 고독의 본질이고, 나는 그것을 소설로 써보고 싶어했을 것 같다. 지금처럼.

그래도…… 죽는 건 무서웠으니까, 죽음보다 한 단계는 위일 테니 나은 거 아니냐고 위안하며 고독을 견디던 시절이 있었다. 그 시절의 치열한 잡념들이 나로 하여금 소설을 쓰게 했다고 생각해왔다. 트위터를 하며 문득, 이런 세계가 있었으면 덜 고독했으려나.

이런 식으로 고독이 소비되면 예술의 탄생에 지장이 있겠구나. 그 다음 생각은…… 어? 요즘 좀 나아졌다고 고독을 만만하게 보네……

twit

## 선택했고 당당했고

"나는 불리한 내 삶을 책임지면서 살 뿐이야. 이런 불리한 조건으로 굳이 시스템 안에 들어가서, 불량품이라고 모멸받으며 살고 싶진 않아. 내가 졌다거나 굴복했다고 생각하지 말아줘. 피한 것도 아니야. 나는 내 방식대로 삶을 선택한 것이고, 거기 당당했다는 것만 알아줬으면 해." 그 다음은 뭐라고 쓰지? 침 튀었으면 미안해?

# 동생 서랍 속의 엽서

유학 가 있는 여동생의 방에서 소설을 쓴 적이 있어요.
소설을 쓰는 첫 단계에서 어김없이 닥쳐오는 일이지만
정말이지 온 세상의 문이란 문은 다 닫혀 있는 듯한 절망에 빠지거든요.
어떤 문을 두드려야 할지 마음은 급하고 자신은 없고 시간은 흘러가고,
신경이 날카로워지는 건 말할 필요도 없지요.

그때도 마찬가지였어요. 책상에 앉았다 일어났다 방안을 서성였다 침대에 드러누웠다 창문을 열었다 닫았다…… (그런 제 모습을 지켜본 적 있는 누군가는 그걸 가리켜 '가히 경천동지' 상태라고 하더군요.)
동생의 책꽂이에서 책과 잡지를 뽑아 뒤적거리고,
동생 방 옷장을 열어 옷을 살펴보고 (미안.)
나중에는 책상 서랍까지 열어봤어요. (미안 미안, 다 소설을 위해서야.)
결과적으로…… 서랍 안에서 발견한 한 장의 사진엽서가, 소설의 시작이 되었다는 거죠!

동생 서랍 속의 엽서가 실마리가 될 수 있었던 것은 아마 그때 써야 할 소설의 주제가 '서른 살'이었기 때문인지도 모르겠어요.
그 엽서에 적힌, 엄마에게 보내는 간단한 몇 줄의 안부.
거기에서 나는 서른 전후 유학생의 갈망과 좌절과 고독에 강하게 감정이입이 되었어요.

내 동생이라서 더 그랬을까요. 그렇다고 생각해요.
물론 문장도 아주 단정하고 정확하고 감성적이었답니다.(내 동생임. 호호.)

그때 쓴 소설 「연미와 유미」에는 너무나 다른 자매가 등장합니다.
부모의 사랑을 독점하고 자라 의사와 결혼한 언니.
서른 살이 넘도록 터널 속을 걷는 느낌으로 자신의 길을 찾기 위해 헤매는 동생.
그 두 인생의 이면을 보는 소설이라고나 할까요.
마지막 문장은 언니가 동생에게 하는 말이에요.
'어머, 넌 오렌지를 세로로 벗기는구나. 난 가로로 벗기는데'입니다.
아니, 그 다음 문장이 또 있어요.
'언니는 연미이고 나는 유미이다.'
그 문장을 쓰면서 저 스스로 짧게 전율을 느꼈음을 고백합니다.

그 소설의 화자는 동생이에요.
물론 소설 속에서 일어난 사건은 모두가 허구지요.
하지만 정서만은 내 것이라고 할 수 있어요.
그 소설을 쓰면서 나는 내 여동생을 많이 이해하게 되었습니다.
그 소설 속 여동생과 언니에 대해 그애가 어떻게 생각하는지는
10년이 넘은 지금까지도 물어보지 못했지만요.

생일 축하해.
오늘은 여동생 생일이에요.
아, 맞다, 1년에 사흘, 내가 철드는 날. 오늘이 그중 하루인가봐요!

twit

# 마감이 없는 날

오랜만에 압축 풀기 같은 '해소'가 아니라 '적극적 사생활'이 허용된 단 하루, 오늘. 레어치즈 케이크를 사들고 친구의 사무실로 가서 함께 점심 먹을 거다. 저녁엔 후배의 시상식. 음— 그래도 사생활인데, 별로야.

알고 있는지. 나의 모든 것은 거짓이다. 진실하지 않은 세상에 태어났다는 걸 깨달은 뒤부터. 네가 나를 바꾸고 있는 건 분명하지만, 너의 노래가 무거운 나의 잠을 깨워 물끄러미 아침을 바라보게 하지만, 이 시간도 흘러가버린다는 걸 나는 안다.

세 번째 잔부터 취기를 느꼈고, 3차까지 갔고, 두 개의 기억 모두 손상되지 않았다는 건…… 7년 뒤의 약속이 유효하다는 것, 취한 날의 사소한 위안이나마, 나에게도, 미래의 한순간이란 게 존재한다는 것.

친절한 네가 있어 나는 거짓 절망도 위태로운 타락도, 그리고 구차한 구애도 할 필요 없이…… 유쾌하다.

twit

## 방에서 두리번

지구촌 불 끄는 날. 조금 어두워졌으려나? 밖을 내다보니 어쩐지 권위적이면서 무신경하게 보이는 붉은색과 은색의 십자가들. 불을 켜도 되는 시각 다시 창가로 가며. 등화관제 이후처럼 어둠 속에 하나둘 불빛이 돋아나는 풍경을 기대했으나, 별로 변화가 없다.

쇼케이스에 갈까 했지만 지난밤 뮌헨 맥주집의 반은 될 만큼 넓은 술자리를 가득 채우던 소음들을 떠올리니 오늘 같은 날은 홍대 앞에 갈 마음이 들지 않았다.

무엇보다, 몸이 잘 안 깨어나는 날은, 이런 모습으로 원하는 곳을 향해 한 발짝 다가간다는 게 자신 없어져 그냥 집에 틀어박힌다.

# 오늘은 ○○○○이 필요할 때

## 1. 박수가 필요할 때

이제 박수쳐

그대 내게 가르쳐준 사랑의 작전

이제 박수쳐

그때 내게 가르쳐준 사랑의 감정

—키비, 〈Where is the Claps〉 중에서

그런 밤 나는 정적을 깨는 내 구둣발 소리를 들으며 손뼉을 쳐보기도 한다. 박수소리는 밤의 평화에 저항하는 뜻모를 구호처럼 또렷하게 제법 멀리까지 퍼진다. 나는 또각거리는 구두소리 사이사이에 손뼉을 딱딱 쳐가며 혼자 컴컴한 아파트 안을 걸어간다.

—『마지막 춤은 나와 함께』 중에서

## 2. 커피가 필요할 때

한 후배의 소설 속에 묘사된 남녀의 첫 만남에서.

여자는 이렇게 가슴이 뛰는 걸 보니 저 사람을 좋아하나봐, 라고 생각한다.

알고 보니 그건…… 그녀에게 익숙하지 않았던 커피의 카페인 때문이었다나.

이 이야기는 또 다른 후배의 엄마와 아빠에게 실제 일어난 일이다.
그 오해 덕분에 후배가 태어났다.

3. 그레이프프루트가 필요할 때

—무엇으로 해장을 하는지요?
한때는 라면이나 짬뽕이었다.
회사 다닐 때는 민물매운탕이 괜찮았다.
내가 끓인 콩나물김치해장국으로 속을 달랜 적지 않은 술꾼들……
10년 전, 미국에 잠깐 머물렀을 때는 베트남 쌀국수였고
요즘은 가끔 그레이프프루트를 먹는다.
먼저 반으로 가르고
과일칼로 껍질과 과육 사이를 도려내듯이 분리한 다음
피자나 파전을 나눌 때처럼 칼집을 넣어 여러 조각으로 만들어서
예쁜 볼에 담고, 포크로 과육을 찍어 먹는다.
하이라이트는 밑에 고인 과즙을 숟가락으로 떠서 후루룩 삼키는 순간!
밀감처럼 손으로 한 조각씩 떼어 먹거나
요리책에 나와 있듯 맵시 있게 깎아놓은 그레이프프루트로는
절대 해장이 되지 않는다.

## 정말로 우리, 패를 나눠 쥔 게 맞더라구요

연재를 시작하면서 이런 말을 했지요.

'혼자 골방에 틀어박혀 만든 것을 들고 나와 모두에게 보여주는 게 아니라 여럿이서 패를 나눠 쥐고 함께 판을 벌여가는 기분'이라고.

연재가 진행되면서 그 기분이 과연 맞았다는 걸 자주 느꼈어요.

복선을 조금 만들어놓으면 고맙게도 그걸 알아차려주니 용기가 생기고
특히 이걸 느껴주었으면 했는데 그 의도대로 댓글이 달리면
'통했다!' 싶고
소설 앞부분에 나왔던 비슷한 장면을 환기시켜준 덕분에
나 또한 맥락을 되찾고
캐릭터에 어울리는 심리, 관계의 발전 등을 예상하는 댓글에서 힌트를 얻고…… 정말로 우리, 패를 나눠 쥔 게 맞더라구요.

오늘 소설에는 어느 독자가 댓글에서 제안한 대로
바스코의 〈첫 느낌〉을 인용해 보았답니다.

> 그리운 거 손톱 사이에 낀 놀이터 모래알들
> 그리운 거 미소짓게 하던 어린 시절의 잃어버린 기억들 아침 햇빛

'소설가가 그 근처에서 가장 똑똑한 사람일 필요는 없다.'

이것은 레이먼드 카버의 말이구요.

'소설가가 여전히 지식인이나 스승이어야 한다면 나는 소설을 쓰지 못했을 것이다'라고
나 역시 어느 책의 서문에 쓴 적 있어요.

연재를 하면서 달라진 점이 많지만요.
무엇보다 우리가 비슷한 감각으로 비슷한 문제를 고민하는 동시대인이라는 느낌,
그것이 나를 쓰게 만든답니다.

세상이 시끄럽고 아파도, 봄은 오는군요.
내가 어제 썼던 상춘곡을 전달해볼게요.

나는 세상의 말없는 것들이 좋아. 낯선 도시의 작은 사설 동물원에 가서 인간의 말을 하지 않는 것들과 우리를 사이에 두고 서로 덤덤히 볕을 쬐고 싶은 봄.

서둘러 집에 가서 달콤한 조각 케이크를 먹은 다음, 소년과 소녀가 퍼즐카페에 앉아 퍼즐을 함께 맞춰가다가 서로 손이 스쳐 깜짝 놀라는 장면이나 써야겠다, 봄!

작업실
2010.04.01~

소설을 쓰는 것은 결국
내 안에 있는 고통과 혼란과 변명과
독대하는 일이라고 생각합니다

twit

# 그런 아침

밤을 새웠는데도 머리가 맑고 햇살까지 저리 좋으니 입에서 나오는 말—이제, 어쩌지?

# 나의 10대 소녀 주인공들

시간이 흘러가면서 내 소설의 주인공들도 조금씩 변하는 것 같아요.
인물의 진화라고나 할까요.
나의 10대 소녀 주인공들……

내가 꾸는 꿈은 다 이상하게 안타까운 내용뿐이야. 편지를 받았는데 너무 흐려서 읽을 수 없었던 적도 있고 절대 병뚜껑이 열리지 않는 꿈도 꾸었어. 또 어떤 때는 시험지를 받아 풀려고 하는데 아무리 찾아도 연필이 없는 거야. 꿈에서 깨어나면 언제나 새벽이고 나는 또 꿈을 꿀까 무서워 다시 잠들지 않으려고 일부러 많은 생각을 해. 그렇게 가만히 누워 있으면 갑자기 어딘가 낯선 곳으로 가고 싶어져. 그럴 때는 벌떡 자리에서 일어나 옷을 갈아입고는 그대로 너의 집 앞까지 자전거를 타고 가고 싶은 충동을 느껴.

—2001년, 『마이너리그』의 소희

그리고 요즈음의 꿈들, 누군가의 전화번호를 적으려는데 볼펜이 안 나오고 건너편에서 그 사람이 탄 버스가 떠나려고 하는데 인파에 떠밀려 다가갈 수가 없고 드디어 만나기로 약속한 장소로 나갈 준비를 하는데 수돗물이 끊겨 세수를 할 수가 없고 또 집에 도둑이 들었는데 이상하게도 웃음이 멈춰지지가 않아 잔뜩 겁에 질린 채로 미친 듯이 웃어대는 길고 긴 꿈을 꾼 적이 있는지.

—2009년, 「다른 모든 눈송이와 아주 비슷하게 생긴 단 하나의 눈송이」의 안나

그리고 2010년 『소년을 위로해줘』의 채영.

— 나는 잘할 수 있는 게 아무것도 없어. 그래서 늘 모든 것을 그냥 바라보기만 해. 손을 내미는 법을 몰라.

채영이 쓰게 될 소설 제목은 「바다 오르간이 있는 백조와 조랑말들의 섬」이랍니다.

2010년의 또 다른 소녀 마리.

마리는 내 모든 소녀 주인공 가운데 가장 건강한 인물이죠.

천진하면서도 사려 깊고, 충분히 비판적이지만 따뜻해요.

나는 마리를 통해서 일종의 '진화된 인물'을 만들어보고 싶어요.

진화된 인물의 모델을 다름 아닌 소녀에게서 찾았다는 점, 뭔가 의미가 있을까요?

## 초점이 잘 맞았구나, 저 햇살

2년 동안 미국 서부에 있는 도시 시애틀에서 지낸 적이 있어요.
어느 날 텔레비전을 보다가 내가 소리를 몹시 크게 해놓았다는 걸 깨달았어요.

영어 실력이 없어서 안 들리는 건데
답답한 마음에 나도 모르게 음량이라도 키워놓았던 거죠.

소설을 쓰기 시작할 때는 언제나 좀 막막하다고 말했었죠?
그때는 랩탑에서 글자 크기를 11포인트로 설정해놓아요.
그런데 어느 정도 소설이 풀리면 10포인트로 다시 바꾼답니다.
소설이 막막할 때는 글자조차 흐리게 보이다가
자리를 잡아가면 그제야 글자가 또렷하게 보인다는 것.
간사하게도 그 단계가 되면 11포인트이기 때문에 화면이 벌어지는 느낌이고 내용까지 산만해지는 것 같다니까요.
의기양양하게 기준 크기로 환원!

어떤 기회에 영화배우를 실제로 보게 되면 먼저 드는 생각,
'초점이 잘 맞은 것 같다.'
뭐랄까, 선명하게 보이는 거죠.
예쁘고 멋진 사람을 볼 때에는 뭔가 환하게 잘 보인다는 느낌이 들어요.

머릿속에 설정돼 있는 아름다움의 틀에 딱 맞아떨어지기 때문에
흐트러지지 않은 선명함으로 찍혀나오는 걸까요?

그러고 보니, 모호하고 흐리게 느껴졌던 모든 것들
혹시 마음에 안 들어서 그렇게 보였던 거 아닐까요?

이번 주는 약간 힘든 일들이 있었답니다.
어서 지나가버리도록 길을 비켜준 다음
새로운 주를 맞이할 활기를 얻기 위해 좀 놀아야겠어요.
오늘 아침, 햇살이 참 좋아요.
초점이 잘 맞아서 모든 게 선명해요!

twit

## '좋다'의 반대말은 '나쁘다'가 아니다

돌이켜보면 그것은 모른다는, 전혀 모른다는 것에 대한 외로움이었다. — 로렌 아이슬리. 무심히 지나쳐갔다가 발길을 멈추고 되돌아가게 만드는 문장이 있다.

눈앞에서 문이 닫힐 때, 순정만화에서처럼 흙흙, 하고 뛰어나오지 말고 그 문을 한참 동안 바라보고 있으면, 옆의 샛문이 열려 있다는 걸 알게 되지. 술집 화장실 문을 찾는 방법! 한 개의 문을 닫을 때 다른 문을 열어두는 하느님 만세.

그토록 하고 싶던 일을 결국 참아냈을 때, 기분이 괜찮다. 하지만 했을 때의 기분만 할까! 아시는지. 좋다의 반대말은 나쁘다가 아니라 괜찮다, 라는 걸.

# 안 된다고 생각했던 일을 한번 해보는 재미

새 소설을 쓰기 시작할 때에 꼭 하는 일이 두 가지 있어요.
집 떠나 새로운 공간을 찾는 일과 손톱 깎기.
익숙한 공간에서는 뻔한 생각밖에 안 떠올라서 떠나는 거구요.
그리고 손톱이 길면 갑갑해서 자판을 치지 못하거든요.
가까운 사람들은 내 손톱을 보고 금방 알아요.
길었네? 요새 일 안 하는군.
일 안 할 때란 대개 소설이 안 풀려 고심하는 시기이지만
책을 내거나 마감을 한 뒤 인터뷰, 방송 출연 같은 대외 활동을 하는 때도 포함돼요.

무용하는 사람은 조금이라도 동작을 크게 보이게 하려고 손톱을 기르기도 한다죠.
실은 나한테도 손톱을 길러야 할 이유가 없지 않아요.
손가락이 짧고 손이 못생겼거든요.
지금까지 내 손을 보고 못생겼다고 '지적질'해주는 사람들 그리고 위로해주는 사람들, 수없이 많았답니다.
한 동료는 손을 보니 내가 깍쟁이는 아닌 것 같아 안심이 된다고 해주었고, 어느 선생님은 줄리엣 비노시와 윤시내도 손이 투박하다고 토닥토닥……

오래전 겨울 데이트 때 내 손을 잡아 자기 주머니에 넣으려던 사람이 농담하기를, 왜 이렇게 안 들어가! (흑……)

한때 나 또한 친구들한테 말하기를, 이렇게 못생겼으니 나, 손 함부로 할래. 이까짓 것 아무나 잡으면 어때 뭐!

작가에게 주어지는 격언 중 이런 게 있어요.

—쓰는 손이 보이면 안 된다.

천의무봉, 이런 단어와 일맥상통하려나요?

의도가 노출되게 쓰는 건 경계해야 한다는 뜻이겠죠.

나는 가끔 거기에 농담을 덧붙여요.

—쓰는 손이 보이면 나는 특히 더 불리해. 이렇게 손이 못생겼으니 말야.

손톱을 기르면 조금이라도 나을 텐데, 그러면 글을 아예 못 쓰는 운명이니

절대 손이 안 보이도록 기를 쓰고 빨리 쓰기라도 해야 할까요? 흠.

지금 손톱이 좀 길었어요.

하지만 깎지 않고 있답니다.

갑갑하고 오타도 종종 나지만 꾹 참는 거예요.

새삼 못생긴 손의 운명이 바뀌기를 기대하는 건 아니지만

뭔가 안 된다고 생각해온 일을 시도해본다는 게 조금 재미가 있어요.

과연 내가 이 버릇을 고칠 수 있을까…… 전환을 시도하는 거죠.

중요한 연재를 하기 때문에 지금 내가 시도할 수 있는 전환은 사소한 것밖에 없답니다. 무거운 시도를 해서 시간과 기력을 뺏기면 안 되니까요.

이 정도면 가벼운 게임 비슷한 기분이 들어요. 어차피 원고는 쓰는 건데, 그 과정에서 뭔가 새로운 시도가 저절로 곁들여지는 셈이고 말이죠.

이런 게 또 뭐가 있을까.
밥도 먹으면서 왼손 쓰는 훈련을 해보는 것?
언제부터인가 연재가 당일치기로 바뀌면서 매번 밤을 새우게 되는데 이 기회에 피부 노화와 밤샘의 관계에 대한 자료 수집이라도 해두나?
하지만, 덕분에 매일 아침 창밖을 내다보고 날씨에 맞는 인사를 할 수 있다는 장점도 있네요.

오늘은 약간 흐린 아침입니다.
밤새도록 춤추며 나를 응원해준 노래연습장과 태국 마사지와 24시 당구장의 네온 불빛에 감사드리며, 아웅, 새 아침!

## 같은 재료로 이렇게나 다른 음식이 만들어져요

『소년을 위로해줘』 중 연우 아빠의 자작곡, 여기에서 들을 수 있습니다.

너와 함께 가는 길 아름답지도 평탄하지도 않네
그러나 잠깐만이라도 쉬어갈 곳 있다면
우리는 그 길 가기로 했네
오 나의 꿈, 그것은 네가 쉬고 있는 의자
오 나의 꿈, 그것은 우리가 함께 눈뜬 외딴 집

오 나의 꿈, 우리 지금 그곳으로 떠나네
오 나의 꿈, 그곳은 우리가 함께 잠들 무덤
—「내가 살았던 집」 중에서

그리고 신민아의 신혼생활, 단편 「프랑스어 초급과정」에서 자세히 볼 수 있습니다.

하지만 『소년을 위로해줘』를 읽는 데 완전 방해될 거예요.
심지어 당혹스러울지도 모릅니다.

소설이 한 사람의 머리와 가슴에서 비롯되는 것이지만
같은 소재를 어떻게 해석하여 다루는가에 따라 완전히 다른 관점이 만들어져요.

아무리 사적인 체험이라 해도 작가는 그것을 철저하게 재료로만 다루니까요.

그래서 우리가 이미 어떤 분야의 정점에 이른 사람들에게도
'신작'을 기대하는 거겠죠?

지난 주말에 프리스타일 랩 배틀을 보러 갔어요.
소년들의 신선한 꿈과 서툰 열정과 순수한 치기들……
멋진 경험이었답니다.
'저는 프리스타일 랩을 장악할 수 있는 패기를 심사 기준으로 삼겠습니다.'
우리나라 프리스타일 랩 배틀 첫 번째 우승 기록을 갖고 있다는 한 뮤지션의 말.
배틀이 끝난 뒤 그 뮤지션의 공연도 있었어요.
그의 공연에 손을 흔들며 열광하는 참가자 소년들, 끝나자 이런 말을 주고받더군요.
'우와, 너무 잘한다!'
'근데 저렇게 잘하면 이제 안 해도 되지 않나?'
띵!
'패기'가 지나치신 거지……

twit

## 숲에 이르기 직전의 밤

최악의 날. 뭐가 부족한 걸까. 당분과 카페인은 목 밑까지 찼고 시간은 1센티미터 옆까지 바짝 다가와 내 주변의 공간을 죄고 있는데, 정작 '나'는 어디로 가버렸는지.

뭐였더라…… 근본적인 질문을 잊어버렸어. 그러니 시키는 대로 숙제만 하는 거지. 숙제가 내 작품이 될 수는 없고…… 왜 잊어버렸지. 그 질문에 대한 열정이 다른 지점으로 가버렸나.

『소년을 위로해줘』 소제목이 김수영의 「사랑을 알 때까지 자라라」인데, 그 시에서 내가 좋아하는 구절은 '그 강 건너에 사랑하는 암흑이 있다'. 그래, 암흑이……

아. 모처럼 새벽 2시 3분에 마감을 했는데 칭찬해줄 사람이 모두 잠들었군. tsk tsk tsk. 누구의 말처럼 칭찬은 쓰게 만든다. 비록 잘 쓰게까지 해주지는 못하지만 tsk tsk tsk.

언제까지나 너에게 나라는 시간은 성립되지 않는 걸까. 숲에 이르기 직전 밤의 어둠처럼. 그러나 햇살 좋은 이 아침에도, 바람 불던 어제처럼 변함없이 너!

## 내가 거쳐온 시간들, 그것들이 이어져 흘러가며 나를 또 어디로 데려갈까

물건에 대한 호사 취미를 가진 사람에게 때로 부러움을 느껴요.
그만큼 안목과 감각이 있다는 뜻이니까요.

내가 갖고 있는 물건 중에는
특별히 아끼는 것도, 특별히 좋은 것도 없답니다.
그런데 이것만은 좀 괜찮은 거다 싶은 물건 중 하나가 침낭이에요.

처음 그 안에 들어가 비박을 하던 날을 잊을 수 없어요.
「지도 중독」이란 중편소설에 썼듯이
내가 자연의 일부가 된 듯한 야성과 천연스러움,
그리고 한 마리의 동물로서 유능해지는(?) 듯한 기분을 느꼈어요.
겨울 숲 속에서 얼굴을 내놓고 별을 보며 잠자는 기분이란!
바람이 뺨을 스칠 때 어흥! 하고 소리치고 싶더라니까요.

그 뒤로 그 침낭과 함께 참 많은 곳에서 잠들었지요.

강원도, 워싱턴 주의 레이니어 산, 로키 산맥, 옐로스톤, 그리고 안나푸르나 베이스캠프.
침낭에 누운 채 바라보는 별들이 너무 압도적이라서
대체 무슨 수로 저 마구 뿌려놓은 별들을 이어서 별자리를 만들었지?

하고 생각했던 곳도 있었고요.
침낭만으로는 추위를 막을 수 없어
뜨거운 물이 담긴 날진통을 껴안고 자야 했던 해발 4천 미터급 고지대도 있었답니다.
지리산 피아골에서 민박집 이불이 조금 더러워 침낭을 써본 이후
때로 험한 잠자리에 갈 때 침낭을 챙겨가기도 해요.
잠시의 체류여서 여벌의 이불이 없었던 후배에게 갈 때 일본행 비행기에도 실어갔고.

어제, 작업실로 주문한 침대가 배달되기 전이라 침낭에서 자보았어요.
그 침낭과 함께했던 장소들이 하나둘 떠오르더군요.
내가 거쳐온 시간들, 그 시간들이 이어져 흘러가면서 나를 또 어디로 데려갈까.
양탄자 아닌 이 침낭에 태워서……

참, 침낭에는 지퍼가 있잖아요.
미국에 머물 때 왼손잡이용 침낭을 사서
보통의 침낭, 그러니까 오른손잡이용 침낭과 이어 붙여본 적이 있어요.
지퍼 부분을 붙여서 2인용 침낭을 만드는 거죠.
역시 가운데에 공간이 생겨서 좀 춥더라구요.
침낭은 1인용일 수밖에 없다는 걸 알았지만 그래도 재미있던데요.
언젠가 따뜻한 날씨에 야영을 하게 되면 다시 한번 시도해보고 싶어요, 2인용 침낭!
음…… 소꿉놀이 같지 않을까요. 이 나이에도 가능한.

# 소설 쓸 때 방해가 되는 것들

4월 1일에 있었던 일.

전날 연희 창작촌에서 짐을 꾸려 나왔어요.

몇 달을 머물렀더니 그것도 만만찮은 이사더라구요.

신발만 해도 몇 켤레야.

그동안 늦가을과 겨울과 초봄, 세 계절이 바뀐 데다가

창작촌 개관식 행사에 신었던 정장 구두,

연말 조카 결혼식 때 신었던 한복용 신발,

삼일절 기념 마라톤대회 때의 조깅화,

유난히 눈이 많았던 지난 계절, 창작촌의 가파른 언덕을 내려오기 위한 비브람 밑창 등산화,

그리고 가장 많이 신었던 산책용 컨버스.

다 필요한 거였어요, 그렇죠? (킬힐은 살짝 감췄음.)

어쨌거나 이사를 마치고 원고를 쓰기 시작, 새벽에야 잠들었어요.

아침에 눈을 뜨자마자 비몽사몽 간에 습관적으로 트위터에 접속.

거기 올라온 글을 보고 깜짝 놀라고 말았는데……

—폴 매카트니 사망설, 사실로 밝혀졌습니다.

나도 곧바로 답글을 올렸거든요.

—아, 7년 전 타코마에서 본 공연의 감동이 아직 잊혀지지 않았는데…… 이제 링고 스타만 남았군요.

그러자 사망설을 전한 분이 다시 답을 했어요.

— 진심으로 슬퍼하시니 힌트를 드리겠는데요, 오늘이 며칠입니까.

갑자기 정신이 퍼뜩!!

일어나 세수를 하고 인터넷에 접속한 다음 또 한번, 아, 뭐야!

검색어 1위, 폴 매카트니.

제가 에이프릴 풀이 된 사연이랍니다.

그날은 그저 내내 어리둥절이었다는. (만우절일뿐 아니라.)

며칠 지난 다음, 이런 생각이 들었어요.

혹시 나는 폴 매카트니의 공연을 봤다는 사실을 자랑하고 싶었던 건 아닐까……

그래서 깊이 생각해보지도 않고 곧바로 답을 했는지도 모른다……

이따금 그럴 때가 있어요.

소설 안에다 아는 것을 모조리 다 써놓고

퇴고를 하며 혼자 창피해서 얼굴이 붉어지는……

그때가 연상되었답니다.

소설 쓸 때 방해가 되는 것들.

— 술과 장미의 나날, 개콘과 하이킥, 영화, 당연히 책, 소풍 욕구, 타락 본능, 세련된 태타怠惰 등등.

거기에 '자랑'을 포함시켜야겠어요.

## 우리들, 극히 사적인 존재의 주말이 오고 있어요!

일일연재를 했던 한 동료가 말하더군요.
— 꼭 출퇴근하는 기분이야. 직장인이 된 것 같더라니까.
맞아요. 주말을 기다리는 것도 그렇구요.
그리고, 어쨌거나 실시간이라는 점에서
일일연재는 무대 공연과도 비슷한 점이 있어요.
어린 시절 그런 생각을 한 적 있었는데요,
선생님들은 말하기 싫은 기분일 때 어떡하나, 수업은 해야 하겠고……



여고 2학년 때, 반 전체가 선생님한테 심하게 맞고
책상 위에 올라앉아 기합받던 일이 기억납니다.
아프거나 억울해서 울었던 게 아니에요. 도무지 납득이 가지 않았어요.
왜?
나중에 들리는 말로, 그날 그 선생님 딸이 심하게 아팠다고 하더군요.
조금 이해가 가긴 했지만 머릿속은 더 복잡해져버렸답니다.
공과 사의 구분은 해야겠죠. 하지만 쉬운 일은 아니겠죠.
인간이란…… 그러니까 우리 모두, 극히 사적인 존재잖아요.

그런 점에서, 무대에 서는 사람은 더 힘들 거라고 생각해요.
개인으로서의 자신을 조절해야 하는 것, 선생님들보다 몇 배 더할 테니까요.

오늘 아침, 일일연재가 무대 공연과 비슷하다는 생각을 하는 것도 그런 맥락이랍니다.
기분이 좋은 날, 슬픈 장면을 써야 하기도 하고
마음이 슬픈 날, 하필이면 기뻐 날뛰는 장면을 써야 하는 일도 있어요.
그러면 어쨌거나 나의 개인적인 기분이 반영되고 말아요.
(이 또한 일일연재의 현장성. 연재가 아니라면 퇴고 과정에서 가차없이 조정이 되니까요.)

오늘 원고는 그저께 써놓았던 거예요.
어제는 소풍을 갔어요.
그런데, 오늘 새벽에 일어나 이 원고를 고치면서……
마지막을 약간 슬프게 쓰고 말았네요.
나, 왜 슬퍼하고 있을까.
저렇게 다시 봄날의 아침이 창밖에서 웃어주고 있는데.

아, 어느새 날이 밝은 거군요. 스탠드등의 불을 꺼야겠어요.
그래요. 우리들, 극히 사적인 존재들의 주말이 오고 있어요!

twit

## 어떤 그림자

슬픈 장면이 아닌데 슬프게 쓰고 말았다. 내가 슬픈 거다.

어두운 극장에서 시계를 본다. 이 아름다운 영화가 얼마 남지 않았군.

그냥 받아들이려고 하니까 슬픈 거였어. 흥! 두 손으로 귀를 막아버리자! 무거워지면 아래로 떨어지지, 빗방울처럼. 나에게 무거움은 어울리지 않거든요! 그런 건 휘파람처럼 불어 날려버리자는 정지용의 시로 부력을 얻으며, 모두들, 안녕?

어제 외출하려고 거울을 보는데 내 모습이 정말 마음에 안 들었다. 어젯밤과 오늘 오전까지의 불필요한 무거움, 슬픔. 내게 어울리지 않는 것들 모두 그것 때문이었어! 거울 앞에서 네가 가르쳐준 새 주문을 외우고 놀러나간다. 수퍼칼리프레질리스틱엑스피알리도시오스!

twit

## 순정한 존재가 나를 당황하게 한다

아무것도 보고 있지 않으면서 10분째 창가에 서 있다. 맞아, 비를 기다리는 거구나. 술이 안 깼는데 두 시간 뒤 인터뷰 약속이 있다. 하지만 비가 내리기 시작하면, 봄비라면, 차를 몰고 가장 가까이에 사는 옛사랑에게로 달려가고 있을 것 같다. 아니야. 일단 물을 마시고, 사과를 깨물어 먹으며, 뒹굴뒹굴 술을 깨는 게…… '내가 벌인 모든 일이 모두 나다운 일'.

돌아와줘, 라고 말했다면 달라졌을까. 아무것도 달라지지 않는다. 시간은 흘러가고 밤은 지나쳐가고 있고 길은 멀다. 하지만 나의 '소년'처럼 달리고 달리면 모든 거리의 밤을 가로질러 마침내 불이 켜진 그 집에 닿을 수 있을까.

10년 전쯤 가끔 가던 카페. 놀랍게도 조금도 변하지 않았어. 기차역도 없어지고 길도 다 바뀌었는데 홀로 세월과 욕망들을 버텨내며…… 완전히 잊고 있는 사이 변하지 않고 있다가 반겨주는 순정한 존재가, 그러나 나를 당황하게 한다.

다시 밤. 침대에 만화책을 쌓아놓고 보면서 시간이 흘러 몸이 더 지치기를 기다린다. 깊이, 깊숙이 잠들어야 하거든. 새벽에 눈떠 힘껏 바닥을 차고 수면 위로 올라야지.

twit

# 일요일 길모퉁이 카페

이 거리가 그나마 마음에 들 때는 좋아하는 사람이 갑자기 찾아왔을 때와 일요일 아침 — 비로소 조악한 네온불이 꺼지고 어디선가 밤을 새운 노랑머리 소년들이 어깨를 늘어뜨리고 지나간다.

일요일 아침 길모퉁이 카페 : 노트북을 꺼내며 한숨짓는 여자. 핸펀을 만지작거리는 우울한 표정의 청년. 자전거 복장 아저씨. 피곤하나 설렘을 담고 서로를 바라보는 남녀. 아기를 데려온 젊은 부부. 남녀로부터 눈길을 피해주고 아기를 향해 웃어주며. 앗, 이데올로기에 복무하고 말았다!

'트친'이 내가 가고 싶어하던 빠에야 집의 사진을 올려주었다. 맞아요. 멋진 청년들이 많더군요. 공감각적 즐거움이었어요.^^

수상한 먹구름이 몰려오고 있다. 급히 운동복으로 갈아입는다. 저스트 두 잇! 지금 나가서 달리기 시작하면…… 비를 만날 수도 있어. 흠뻑 젖을 수 있는 거지, 자연스럽게! 그런데, 저스트 두 낫싱,이란 묘비명은 누구의 것이더라.

## 이 소년과 소녀는 어디로 여행을 갈까요?

작업 환경이 달라지니 산책 분위기도 아주 다르군요.
이젠 내가 좋아하는 '골목과 언덕의 동네'가 아니라
신도시의 공원과 오피스텔 밀집 지역과 술집 거리를 산책하게 되었네요.
날이 갈수록 트위터도 더 많이 하고 있어요.

나 : 나의 문제는(문제라는 단어의 진지함이라니!) 내가 결코 동의하지 않는 이데올로기에 습관적으로 복무하고 만다는 거죠.

eaeon : 동의하지 않는 이데올로기와의 자연스러운 친화력은 훌륭한 첩보원이 반드시 갖추어야 할 덕목이지요!

나 : 가증스럽다는 점에서 첩보원은 될 수 있을지 모르나, 영원히 나 자신은 아닐 수도 있잖아요. 나 자신이 아니라면 아무리 행복하게 해줘도 행복해지지 않아요, 흑.

eaeon : 앗 그럼, 아무리 불행하게 해도 불행해지지 않는 건가요? 그것도 나름의 근사한 점이 있는걸요.

나 : 하지만 그게 나인 줄 알고 한사코 불행하게는 만들지 않을 테니 그 장점은 무효라는……

eaeon : 음, 뭔가 inspirational하군요. 아무리 해도 행복해지지 않는 한 사내. 문득 깨달아 자신이 불행해지지도 않는다는 사실을 발견하다!

나 : 더 이상 다른 사람이 될 수 없을 바에야 모험심과 열정 따위는 필

요 없게 되며 현상 유지 이상의 에너지가 분비되지도 않는다. 더 이상 자신의 속에서 미지와 신비를 끌어낼 수는 없다. 두려움도 없지만 설렘 또한 없다. 행복하지 않은 것도 아니며 또한 행복한 것도 아니다.
—「유리 가가린의 푸른 별」 중에서

eaeon : 그런 고요한 현상 유지의 정적을 떠올리니, '자기 파괴'의 충동이 어떤 사람들에게 왜 그렇게 매혹적으로 다가오는지 알 것만 같은 기분이에요.

나, 이러고 놀아요. 하하.

그리고 새벽에는 몇몇 작가들이 이런 식의 대화도 했어요.

나 : 소년과 소녀가 9월 저녁 운동장에서 만나 갑자기 어딘가로 떠나려 하는데 어디로 가게 될까? 아마 기차를 탈 것 같은데. 정동진을 권하는 이도 있지만 해 뜨는 건 앞선 사람들이 너무 잘 써놨고.

A : 나는 '내가 가장 예뻤을 때' 공항에 갔는데.

나 : 나도 열아홉 때 무작정 공항까지 갔어. 아마 그게 우리가 갈 수 있는 세상의 끝이라고 생각했던 것 같아.

B : 영월은 어떨까요. 박쥐 보겠다고 가는데 떡볶이 먹다가 기차 놓치는 거.

C : 나랑 월미도 갔던 소년은 지금 어디서 뭘 하는지……

여러분 생각은 어때요? 내일 연재분에서 주인공 소년과 소녀는 어디로 가게 될까요? 과연 여행을 갈 수 있을까요?

twit

# 그 사람

나를 기쁘게 만들 수 있는 사람만이 나를 기쁘게 하지 않을 권력을 갖게 된다. 나를 기쁘게 하지 않지만 그 사람이 있어서 나는 기쁘다.

twit

# 위악과 편견

결국 난 균형을 찾은 것 같아. 나에게 무슨 일이 닥쳐올지는 내가 결정하는 게 아니지만, 그 닥쳐온 일을 다루는 건 나 자신이지. 그리고 그 일이 내 삶에 행운인지 불운인지는, 닥쳐오는 순간이 아니라 내가 그 일을 어떻게 다루는가에 따라 결정되는 거 아닐까.

위악은 수줍음 탓이었고 냉소는…… 그러니까 하나의 태도죠 뭐.
—이런 대답 이제 지겹다.

## 경험은 어떻게 단련되어 소설이 되는가

시애틀에 머물 때 마당에 농구대를 사다 설치했어요.
그곳에서는 그런 일이 화분 하나 갖다놓는 것처럼 쉬운 일이죠.

농구대 높이를 내 키에 맞춰놓고
이따금 바스켓 안에 공을 넣어보곤 했어요.
나는 내 몸을 움직이는 단순한 운동, 그러니까 달리기나 등산은
좀 따라 하지만
거창하게 말해 '타자'를 다뤄야 하는 구기에는 영 젬병이랍니다.
그러니 뭐, 즐겼다고까지는 할 수 없지요.

한국으로 돌아온 그해, 출판사의 송년 모임이었던 것 같아요.
2차로 간 스포츠 바인가 하는 술집 입구에 농구대가 있더군요.
취했을 때면 드러나는, 나의 본색인 철없음.
가방을 내려놓은 다음 공을 잡고 뛰어보았으나 들어갈 리 없는 높이였죠.
근데 누군가 등 뒤에서 나를 번쩍 들어올려주는 바람에, 골인!

돌아보니 처음 보는 청년이었어요.
갑자기 창피해져서 큰소리로 너털웃음을 웃어가며 인사를 하는 둥 마는 둥.
그러고는 술집 자리에 앉자마자 내가 자랑스럽게 말했다죠.

—나, 어떤 예쁜 청년이 들어올려줘서 농구대에 공 넣었어!
6년 전 일이랍니다. 『소년을 위로해줘』에 들어갔어요.

내가 겪은 많은 일들이 소설이 됩니다.
그래서 퇴근 없는 직업이라고 불평하면서도
매순간 깨어 있으려고 하고
또 내게 오는 일들을 되도록 객관적으로 보려는 습관이 생긴 것 같아요.
대신, 때로 그 순간을 즐기지 못하는 것 같긴 해요.
'만남을 쓸 때는 어서 첫키스를 쓰고 싶더니, 그걸 쓰려고 앉으니 상처입은 기억만 떠오른다—짓궂다, 먼저 가서 나중을 보아야 하는 이 직업.'
어제는 트위터에 이런 푸념을 하기도 했지요.

『새의 선물』을 쓰러 갔던 절에서의 공간 체험이
「그녀의 세 번째 남자」가 되었구요.
『마지막 춤은 나와 함께』를 수정하며 머물렀던 가야산의 한 고시원이
『그것은 꿈이었을까』의 무대가 되었어요.
로키산맥에서 내 머릿속에는 연재 중이던 『비밀과 거짓말』 생각뿐이었지만
그때의 경험은 나중에 「지도 중독」이 되었답니다.

하지만 경험이란 재료일 뿐이니 성격과 용도를 확실히 파악할 때까지
좀 묵혀두는 게 좋은 것 같아요.
경험하는 순간은 물론, 한가운데에 푹 빠져 즐기는 게 최고구요!
그래야만 그 경험이 완전한 것이 될 테죠.

## 이것 참, 오늘은 '진지함 사용의 날'이군요

주의 : 자랑일 수도 있습니다

후배와 얘기하며 내가 어떤 사람에 대해 이렇게 표현했어요.
'진지함과 천진함이 겹쳐 있어'라고.
그 후배 대답이 '그건 선배에게도 좀 해당되는데요.'
최근 들었던 가장 기분 좋은 말이랍니다.
(그전까지는 같은 후배가 내게 말해준 '12센티미터 킬힐을 신고도 만취가무가 가능한 기예보유자'였거든요, 하하.)



얼마 전 내가 누군가에게, 균형이 잡혀 있는 사람이라고 말했어요.
(그런 말을 본인에게 직접 말하다니, 나도 꽤 뻔뻔스러워졌군요.)
그는, 꼭 그렇진 않아요, 라고 다소 염려스러운 표정으로 대답하더군요.
『마이너 리그』에 그런 구절을 쓴 적 있어요.
"자신이 더 이상 순수하지 않다는 생각은 순수한 나이에만 할 수 있다."
그래서 그 사람이 균형 잡혀 있다는 내 생각을 더 믿게 되었지요.
(내가 써놓고 내가 믿는다.)

진지함과 천진함. 진지함이야 내가 자전소설에서도 털어놓았듯 어쩔 수 없이 끌고 가야 하는 나의 천분이구요. 천진함에 대해 생각해봤어요. 그리고 『소년을 위로해줘』와 그 천진함의 관계에 대해서도.

이 소설을 구상한다고 할 때 여러 사람이 물었어요.

— 열일곱 살짜리 캐릭터를 소화할 자신 있어?

나는 『마이너 리그』를 쓸 당시 '남자들 캐릭터를 어떻게 소화하려고 그래?'라는 말을 들었을 때와 똑같이 반응했죠.

— 그러니까…… 그냥 인간의 이야기라고 생각하고 쓰면 되지 않을까?

나는 현실을 재현하여 문제제기를 하고 방향을 제시하려는 게 아니라 그 현실의 원형(原形)을 찾아보려고 하는 거거든요.

그리고 그것은 내 속에서 찾아낼 수밖에 없구요.

『소년을 위로해줘』를 쓰는 동안 내 속에 있는 천진함과 가벼움을 필사적으로 불러내왔다고 말할 수 있어요. 『비밀과 거짓말』을 쓸 때에 내 속의 진지함과 무거움을 필사적으로 끄집어냈듯이.

나는 이런 일들이 서로 모순된다고는 생각하지 않아요.

소설을 쓰는 것은 결국 내 안에 있는 고통과 혼란과 변명과 독대하는 일이라고 생각합니다.

'내가 누군지 알고나 살자'는 마음으로 소설을 쓰기 시작했다는 말도 그런 뜻일 테구요.

한 독자분이 나의 이십대에 대해 물으셨네요.

나는 그때 경험한 게 많지 않아요.

여러 인터뷰와 산문에서 밝혔듯이 고지식했고 모범적인 삶을 만들려고 노력했구요.

잘 생각해보면 내가 동의하지도 않는 이데올로기와 틀에 복종했는데, 스스로 그런 자각조차 없었죠.

소설을 쓰기 시작한 것은, 나한테 온 불행과 거절을 받아들이기 싫어서
다른 내가 돼보려 안간힘을 써본 건지도 모르겠어요.
그리고 소설가가 된 뒤에는
내 안에 이토록 많은 다른 것들이 들어 있다는 걸 깨닫고
인간에 대해 많은 관점을 가져야 한다고 생각하기에 이르렀고,
그걸 소설에 반영하려고 애쓰는 거랍니다.
내 안에 어떤 식으로든 천진함이 있었기 때문에
열일곱 살을 만날 수 있었던 거, 그건 맞겠죠?
물론『마지막 춤은 나와 함께』같은 성인용 나도 있구요.

하지만 나만 그런 거 아녜요.
우리 모두 진지하고도 천진한 존재 아닌가요? 간단하지 않잖아요.

이것 참, 오늘은 진지함과 천진함 중 '진지함 사용의 날'이군요.
우리 모두 자신 안의 무엇을 사용하고 있을까요.
'나'라는 상자 속에는 수많은 모순된 것들이 함께 섞여 있을 거예요.
그것들 모두 하나같이 '나'의 조각이구요.
더이상 순수하지 않다고?
어디 있나 없나, 오늘은 내 속의 순수함을 꺼내 써볼까요?

『소년을 위로해줘』를 쓰는 내 심경에 대해 후배에게 적어보낸 말.
사실은, 그토록 원했으나 갖지 못했던 것을 제 스스로 만들어 갖는 방법을 알게 되어, 나 자신이 어떤 '시작의 시간'으로 되돌아가고 있다는 것!

twit

## '나야?'라고 묻고 싶다

나야? 라고 묻지 못하는 이유. 아니, 라는 대답을 들을 확률 80퍼센트. 그 대답을 들어버리면 20퍼센트의 꿈마저 차단되고 만다. 정해진 프로세스를 앞당기는 짓을 현명함이라고 위안하기 싫다. 행복이 짧아질 뿐이다. 거짓이면 어때.

내가 내뱉는 말은 결론이 아니라 소망이다. 그 말처럼은 잘 안 되고 있다는 것. 거짓이면 어때, 라고? 나야? 라고 묻는 간절함 속에 그런 불순물이 있을 수 있던가?

## 보호받아야 할 술꾼의 기백

한때 술꾼 이야기를 많이 쓴 것 같은데요.

내가 아는 사람들 대부분이 술꾼이지만 그중에도 특히 못 말리는 술꾼이 하나 있어요.

그를 관찰하면서 술과 술꾼뿐 아니라 여러 가지 삶의 생리까지도 깨달았답니다.

아주 잠깐이지만 그가 술을 멀리한 적이 있었어요.

이런 경우 보통 정신 차렸다는 둥 건전해졌다는 둥 기뻐하기 마련이잖아요. 나 역시 당연히 그런 입장이었어요.

근데 술 끊은 그를 보니 뭐랄까, 기백이라고 할까, 그런 게 완전히 사라진 거였어요.

술 취했을 때는 재능 있고 감각적이고 통찰이 뛰어나고 과단성 있는 사람인데 말이죠.

그때 생각하기를, 저 사람의 인생에 있어 어떤 게 나은 선택일까.

주변사람을 곤란하게 하고 또 다소 무책임하지만

자신의 장점이 뿜어져나오며 스스로 즐거운 술 취한 인생.

아니면 온건하고 조금 능력이 있으며 걱정이 많고

뭔가 남의 인생을 사는 듯 풀죽어 보이는 술 없는 인생.

그냥, 첫 번째가 나을까요?

취했을 때는 걱정을 끼치고 안 취했을 때는 안타까움을 주고……
참, 술꾼이란 이 우주의 어린아이이긴 하네요.

스스로가 단점이라고 여기고 있는 것들 모두에 해당되는 이야기인지도 모르겠어요.
나에 대해서도 생각해보자면요. 언젠가 선배에게 이런 말을 한 적 있어요.
— 나는요. 여러 사람 있는 자리에서 침묵을 못 견뎌 말을 많이 하게 되고, 돌아오면 늘 후회해요.
선배가 대답해주었지요.
— 그건 니가 수줍음의 수줍은 태도를 견디지 못하기 때문이야. 그냥 수줍은 성격 그대로 살아.
어? 난 왜 수줍음을 극복하려고 했지?
(뭐죠? 이 돌 날아오는 소리는?)
하지만 고백하자면 나는,
'보여지는 나'로만 보는 사람들에게 편견을 갖고 있는지도 모른답니다.
언제부터인가, 내 안에 수줍음도 있지만 그에 길항하는 대담함도 있다는 걸 깨닫게 되었거든요.

연재를 하면서 다른 일을 거의 하지 않고 있어요.
물론 새로운 일은 맡지 않구요.
하지만 시간이 많다고 해서 일이 다 잘 되는 건 아니란 걸 알았어요.
지나치게 건실하게 지내다보면 패턴이 생겨버려서
의외의 에너지나 창의적인 발상이 생겨나는 데 지장이 있을지도 몰라요.
내 안에 있는 성실함만큼이나 타락본능 또한 배려해줘야 하니까요.
흠…… 술 마실 핑계치고 좀 거창했나요?

# 의외적이고 서툰 이야기들

4월부터 글 쓰는 환경이 바뀌었다고 말했었죠.
전에는 낮에도 불을 켜야 하는 어두운 방에서 썼어요.
마루로 나오면 소나무 숲이 보였구요.
지금 있는 곳은 고층 오피스텔 건물입니다.
한 면이 유리창인데 거의 동향이라, 방이 늘 환하기만 하답니다.
이곳에서는 한낮에는 거의 일을 할 수가 없군요.
대신 밤새 깜빡이는 술집 거리의 네온 덕분에 밤샘은 훨씬 수월하구요.

밤샘 작업으로 바뀐 다음부터 소설도 좀 바뀌지 않았을까요?
사춘기 때 읽었던 『밤에 쓰는 인생론』이란 수필집에
'밤에 쓴 편지는 믿지 말라'는 아이러니한 구절이 있었는데,
밤새워 쓰는 소설은 어떨는지……

실은 일주일분씩 쓰지 못하고 당일연재가 된 지 오래인데
새벽에 쓴다는 건
마감시간이 거의 10센티미터 거리까지 좁혀온 상태에서 쓴다는 뜻이죠.
혹시, 안 쓰던 근육을 쓰고, 없던 영혼까지 동원된 새로운 절경이려나?
(밤새우면 분명 제정신 아니라니까요……)

사실 저는 독특한 사람이 못 돼서 남들 일할 때 일하거든요.

그런데 요즘 번번이 밤을 꼬박 새운 뒤
창으로 쏟아져 들어오는 아침 햇빛을 받고 있으면
뭔가 죄를 고백해야 할 것 같은 기분이 든답니다.
멍한 상태에서 우두커니 메모판을 바라보고 있는데요.
이런 것들이 있네요.

'미숙하고 불안하고 혼란스럽지만 바로 그 불완전함 때문에
순수한 갈망과 운동성을 가질 수 있다.
나는 그런 인물들이 만들어내는 의외적이고 서툰 서사에 흥미가 있다.'

개인이 세상과 부딪치고 갈등하는 가운데 자아를 개발시키고 사회에 적응 통합되는 성장을 다룬 교양소설에 대한…… 끔찍한 패러디.

— 옐리네크, 『내쫓긴 아이들』에 대한 평

소년을 그저그런 행복 말고, 아프게 행복하도록 해주세요.

— 후배 K시인

twit

# 게으름에 대한 찬양

게으름도 생산이다. 긴 시간의 무위와 허비라는 예열이 아니었다면 이 집중력이 생겨났을 리 없다.

무슨 일이든 의도를 갖고 행동하는 사람. 그 욕망의 힘을 사랑하지만 어쩔 수 없이 좀, 진력이 난다. '어떻게 되고 싶은 것'보다 '그렇게 하고 싶은 것'으로써 친밀해진 그대들이 그리운 토요일 오후.

낮잠을 자고 나니 플란넬 저고리가 가벼워졌다, 더니…… 꿈에, 내가 서 있는 유리문 밖에 그리운 사람이 와서 나를 찾고 있었다. 나와 눈이 마주치자마자 문 안으로 뛰어 들어왔다. 깨어 일어나 그 장면을 써보려 하는데 그 사람이 누구였는지 기억이 안 난다. 춘몽.

나를 게으르게 만드는 취미, 독서와 짝사랑.

## 정답을 맞히려고 상투적으로 대답하는 습관

블로그를 가져본 일이 있어요.
금방 안 하게 되었지만요.
거기에 이런 글을 올린 적이 있답니다.

질문을 받으면 무조건 대답하게 돼 있는 회로.
그 질문의 전제에 동의하지 않는데도 불구하고.
맥락상 중요하지 않고, 심지어 엉뚱한 방향으로 흐르고 있다는 걸 알면서도 모든 대답의 디테일과 완결성에 성의를 기울이는 자신에게 땀난다.

어차피 이 인터뷰는 실패구나.
상대의 마음에 드는 정답을 맞히려고 상투적으로 대답하고 있어.

결국 내가 권위에 복종한다는 뜻이다.
타인이라는, 나로서는 가장 두려워하는 권위에.
글을 쓸 때는 의식하지 않는데 맞대고 말을 해야 하는 자리에서는
어쩔 수 없이 '타자'와 좋은 관계를 가지려는 나의 '나쁜' 태도가 나온다.
상대에게 반대하고 싶지 않아서
동의하든 않든 그의 전제에 나를 맞춰 부연하기 일쑤이다.
그리고 무슨 자의식인지는 몰라도
특히 '약자나 소수자라는 권위'에는 거의 언제나 지게 된다.

나를 설명하는 일은 너무나 어렵다.

진짜 나에 대해 말하고 있는가, 상투적으로 상정해놓은 나인가? 늘 잘 모르겠다.

내가 쓴 글을 설명하는 일은 더 어렵다.

뭘 설명하라는 걸까, 소설 속에 다 써놨는데.

새벽에 깨어 잠시 어두운 베란다 의자에 앉아서 중얼거렸다.

나, 그렇게밖에 못하나.

이 글을 찾아보고 싶어진 것은 얼마 전 했던 방송 녹화 때문이었을 거예요.

프로그램 이름만 보고, 또 섭외한 사람의 성의를 거절하기 어려워 출연하겠다고 했는데 내가 생각하던 그런 프로그램이 아니었어요.

문학과 책 프로그램이라기보다 캠페인과 홍보 성격이 짙었어요.

캠페인과 홍보, 이거는 뭐, 내가 전혀 동의할 수 없는 전제인 거죠.

그런 때 나는 일단 협조를 잘한답니다.

끝나는 시간에만 관심이 있는 거죠. (친절했던 스태프 여러분 죄송합니다.)

그리고, 하고 싶은 얘기가 아무것도 없을 때는 으레 심하게 상투적이 된답니다.

그날의 녹화 때에도, 나는 하나마나한 이야기를 누구나 쓰는 어법으로 말했어요. (항상 그런 건 정말 아니여요……)

이상하게도 그런 때는 또 평소에 전혀 쓰지 않는 '오그라드는' 남의 표현까지 쓰게 돼요.

젊음의 뒤안길 등등. 이런 말이 내 머릿속에 있었다니……

어쨌든, '바보스럽게 보여지겠군' 하는 생각뿐이었답니다.

# 좌절에 쉽게 적응하기까지

그런 사람 있잖아요.
그 손 참 이상하다, 어떻게 만지기만 하면 고장이냐……

나는 요즘, 물이 들어간 이후 컴컴해진 아이폰 액정을
햇빛과 스탠드 불에 비춰가며 문자를 보고 있고
주차장 벽에 부딪혀 한쪽 거울이 깨져 달아난 사이드 미러를 단 채
차를 운전하고 있고
한쪽 스피커가 나가버려 나머지 한 개의 스피커만으로
스테레오 음악을 듣고 있고
불이 들어왔다 안 들어왔다 하는 냉장고를 손바닥으로 때려가며
물병을 꺼내고 있고
걸핏하면 에러 표시가 뜨는 프린터를 여러 번 껐다 켰다 해가며 인쇄를 하고 있고…… 게다가 이것들은 랩탑과 청소기를 빼고 내가 사용하는 기계의 전부랍니다.

최근 왠지 모르게(?) 고장난 뒤 못 고치고 있는 것들.
커피 머신, 티볼리 라디오, 아이팟, 체중계, 자동차 내비게이션……
음…… 현관문의 고정쇠가 달아나버려, 문을 열어놓을 때는 소화기로 받쳐놓고요,
왜 내 작업실에만 인터넷이 이렇게 자주 끊기는지.

처음 차를 샀을 때는 트렁크를 열 때마다 차 밖으로 나가서 열쇠를 사용했다죠.

내비게이션 전원을 껐는데도 목소리가 계속 나오는 바람에 얼마나 무서웠게요.

슬프고 외로운 날 혼자서 집에 있던 와인이라도 꺼내 마실라치면

코르크 마개를 따는 지난한 과정에서 모든 게 해소돼버려요. 지쳐 잠든답니다.

『심야식당』 만화에서 가장 공감했던 부분은

나무젓가락을 쪼갤 때마다 두 짝이 짝짝이가 되는 사람.

더욱 나쁜 것은 내가 좀처럼 질문을 하지 않는 사람이라는 것과

오늘 일을 내일로 미루는 너무나 '인간적인' 사람이라는 사실.

'고친다'와 '꾸준히 관리한다'와는 영 거리가 먼 것이죠.

사정이 이렇다보니 두 가지 성격이 생겨난 것 같아요.

일단, 고장난 물건에 적응을 잘해요.

고장이 나도 놀라지 않고, 고장난 채로 사용하는 법을 금방 익히죠.

(창의적이고 참을성이 있다고 우겨봅니다. 우리 엄마는 사람이 미련스러워서 별걸 다 참고 산다고 하셨지만……)

그리고 두 번째는, 상황이 잘못된 것 같으면 곧바로 비관적 수용을 한다는 점이에요.

자세히 알아보지도 않고, 또 고장이군, 할 수 없지, 이러는 거죠.

단지 플러그가 빠져 있는 건데 오디오가 고장인 줄 알고 한동안 음악을 안 들었을 때도 있었어요.

사람에게도 좀 비슷해요.

'내가 생각했던 그 사람이 아니구나……'

하지만 적응하려고 애써요.

그리고 '생각만큼 나를 좋아하지 않는구나'라는 비관적인 속단도 잘 하구요.

하지만 또 그게 아닌 것 같으면 급 방긋!

역시 그 사람이야! 라거나, 역시 날 좋아했어!

고장인 줄 알았다가 아니니 너무 좋다, 이러면서 짝짝짝.

내가 뭘 고장내는 게 아니라, 나 자신이 고장난 물건 같아요.

twit

# 규칙을 지키지 않을 권리

학창 시절에는 규율을 잘 지켰다. 그게 옳다고 생각해서 지켰던 건 결코 아니다. 아직도 옳다고 생각하지 않는 몇몇 규율을 지키고 있긴 하지만, 나한테 그걸 지키지 않을 권리가 있다는 건 잊고 싶지 않다.

찾았다, 이 메모. 'Don't try'는 찰스 부코스키의 묘비명이었다. 난민촌의 계관시인이란?

아이슬란드의 화산재가 유럽 공항을 폐쇄시키고 있다. 나의 함부르크와 베를린과 부다페스트, 독일 맥주와 소시지와 호들갑스럽지 않게 친절하던 독일 청년들과 낯선 호텔에서 즐기는 고적한 자유는 어떻게 되는 걸까.

'맥주와 소시지와 독일 청년들과, 낯선 호텔에서 즐기는 자유'와 '맥주와 소시지와, 독일 청년들과 낯선 호텔에서 즐기는 자유'의 차이. 게다가 청년'들'……

무엇보다, 독일 행사를 기화로 규칙에 반항하는 척, 일일연재에 인터미션을 도입하여 장르의 새로운 역사를 쓰려던 나의 창의적이고 뻔뻔스러운 계획은 어떻게 되지? 계획이 들통 나 체포되는 셈인가, 다시 글 감옥으로…… 쩝.

twit

# 아주 멀어지고 싶다

런던 도서전 가려던 사람들도 발이 묶였다. 독일 포럼은 내일 12시 비행기인데 아침 6시에 여부를 알려준다나…… 담당자의 말 '그래도 짐을 쪼금만 싸놓으시죠.' 쪼금만? 신발은 한 짝만, 책은 일부만 찢어서, 나는 마음은 두고 몸만 꾸려놓을까나?

유디트 헤르만의 「차갑고도 푸른」을 읽고 한번 가보고 싶었던 아이슬란드. 그 아이슬란드의 화산재……

소시지와 독일 맥주는 내가 아는 술집도 현지 못지않게 맛있다. 친절한 청년이야 한국에 더 많고, 낯선 호텔의 적요라면, 뭐 호텔이든 적요든 다 낯선 거니까. 심지어 내 맘에도 있는 거고. 다만 아쉬운 것은 거리. 아주 멀어지고 싶었단 말야……

# 내 생각에 당당해지기까지 시간이 좀 걸렸어요

내 냉장고에 들어 있는 것들. 방울토마토, 레몬, 사과, 당근, 달걀, 모닝두부, 샐러드 소스, 비니거, 그리고 페리에. 이게 전부예요. (연재하는 동안은 조리를 하지 않겠다는 방침!) 막 소설 원고를 전송하고 페리에 플레인을 따 마시며 이 글을 쓰고 있어요. 이 탄산수를 처음 마신 게 언제였더라. 첫 번째 유럽 여행 때인 것 같아요. 문학동네소설상 상금으로 떠났던 여행이었지요.



여행사의 단체여행 상품이었는데, 돌아온 뒤 감상은
—이제 목차는 대충 봤으니 다음에 천천히 책장을 넘길 기회를 찾아봐야지.
다행히 그 뒤로 낭독회와 작가 교류, 문학 포럼 같은 행사 덕분에 몇 번 더 유럽에 가게 되었지요.

독일에서의 기억 하나.
일행 중에는 나 외에 젊은 작가 한 사람과 중견 문인 선생님이 계셨어요. 선생님은 젊은 시절 독일 유학을 했기 때문에 우리의 자상한 가이드를 자청하셨고. 함께 저녁을 먹으러 간 식당에서였어요. 역시 선생님이 메뉴를 추천했고 우리 일행은 대부분 그 말씀을 따랐지요.
젊은 작가만은 그러지 않았어요. 누가 보기에도 선생님의 추천이 옳다고 생각되는 경우까지 굳이 다른 걸 선택하더군요.

그런데 내가 페리에를 주문하자 선생님 말씀,

— 어? 그거 마시면 큰일 나. 고약한 가스가 들어 있다구.

죄송하지만, 그 순간 나와 그 젊은 작가의 눈이 마주쳐버렸다는……

6,70년대 한국을 생각해보세요. 그때의 한국을 조국으로 가진 젊은이가 가난한 유학생으로서 유럽 대륙을 밟은 거예요. 그게 선생님의 경우구요. 한편 그 젊은 작가는 제힘으로 외국 땅을 돌아다니기 시작한 첫 배낭여행 세대였어요. 개인차도 있겠지만 무엇보다 자신이 어떤 위상을 갖고 타자를 대하는가, 그 차이는 엄청나죠. 그러니 선생님과 젊은 작가, 그 어느 쪽도 상대가 자신과 같아지기를 강요해서는 안 될 테죠.

그럼에도 나는 그 여행 내내 선생님의 추천에 따라 움직였답니다. 가정교육을 잘 받아서라거나 성품이 착해서가 결코 아니에요. 내 취향을 내세울 때 감당해야 할 비용을 치르지 않기 위해서 그런 거겠죠. 좋게 말하면 평화주의자, 달리 말하면 현실주의자, 이중인격자, 소심한 자, 아니면 『소년을 위로해줘』의 신민아 식대로라면 '친절'한 사람?

이따금 그때를 생각해요. 특히 그 젊은 작가와 나의 달랐던 태도에 대해. 그것은 작가적인 행보와도 관련이 있는 것 같아요. 사회적 태도에 있어서. 그는 감각이 새롭고 아이디어도 많고 작가적 태도도 늘 당당해요. 또 앞서가는 사람답게 지극히 개인적이면서도 이 시대가 원하는 사회적인 작가로서의 영향력을 확보하고 있죠.

나 스스로에게 이런 질문을 던져본 적 있어요. 내가 만약 문맹률이 아주 높은 나라의 작가라면 나는 문맹을 퇴치하는 것과 작품을 쓰는 것 중

무엇을 선결과제로 삼아야 할까. 문맹 퇴치 운동을 하는 게 옳은 길이겠지만 앞장서는 건 도무지 자신이 없는 나. 열심히 작품을 써서 문맹 퇴치 운동에 성금을 보내면 안 될까…… 물론 작품 속에는 문맹과 같은 불안과 두려움의 조건 속에서 살아가는 인간의 모습이 담겨 있을 테구요.
솔직히 말해, 이 생각에 당당해지기까지 시간이 꽤 걸렸어요.

―나는 이 이야기를 몹시 들려주고 싶어요.

연재를 앞두고 썼던 말입니다.
연재를 시작한 지 석 달이 넘었지만 아직도 들려주고 싶은 이야기가 많아 마음이 좀 급해요. 이 재료들을 어떤 메뉴로 조리할지 몇 종류로 만들지 어느 그릇에 담을지 그리고 과연 준비된 음식을 다 담아 내갈 수 있을지 생각이 많답니다.
하지만 들려주고 싶었던 이야기, 하나하나 제자리를 찾아주고 싶어요. 계획이나 규칙 같은 거 좀 무시하더라도 말이죠. 이 생각을 정리하고 거기에 당당해지기까지에도 시간이 좀 걸렸군요.

이 글도 마저 보내고, 남은 탄산수를 마신 다음, 창가에 서서 이렇게 빨리 가버리는 봄날을 마주보려고 해요. 조금은 가볍고 대범한 마음으로요. 생각해보니, 내가 옳더라구요. 하하.

twit

# 소설가의 각오

늘어지고 있다. 짧게 끊어 치자.

'사람들이 오해하고 있다. 소설가는 행복할 때 소설을 잘 쓴다'. 나는 왜 이런 말을 썼던가. 행복해야 잘 쓰고 잘 쓰면 행복하다. 즉 잘 써야만 행복해진다는 것. 가혹하다.

내게 '넘치는 열정과 싸늘한 위트'를.

사랑이란, 자신이 갖고 있지 않은 어떤 것을, 그것을 원치 않는 누군가에게 주는 것이다.

—자크 라캉

# 나는 나라도 사랑하고 싶다

지금은 수요일 저녁 5시 56분. 나는 프랑크푸르트 행 비행기 탑승을 기다리고 있어요. 베를린 문학 포럼에 가는 길이랍니다. 어제 비행기가 결항된 이후 이미 좌절에 적응했는데 오후에 갑자기 특별기가 뜬다는 연락을 받고 또 재빨리 작별에 적응해버렸어요.

우리 일행은 작가 셋을 포함, 모두 다섯 명이에요.
공항에서 출국 수속을 하며 이번 행사의 담당자가 하는 말,
"좌석은 각자 혼자씩 앉는 게 편하시겠죠?"
그, 그런가요? 하긴……
워낙 긴 시간 동안 붙어 있어야 하기 때문에 옆자리 사람이 신경 쓰이긴 하죠. 특히 잘 모르는 사람이라거나 어려운 상대라면 그건 좀…… 하지만 그런 기회에 친해지기도 하고 싫어지기도 하고 다시 보기도 하고, 뭔가 이야깃거리는 생겨나지 않나요? 그게 아니면, 역시 비행기는 지겹다거나, 이런 걸 10시간 넘게 참을 수 있는 지독한 동물은 인간밖에 없을 거라든가, 그런 잡다한 생각들이라도.

암튼…… 다른 분들은 각기 한 사람씩 흩어져 앉고 어찌하다보니 나는 비슷한 연배의 동료작가와 나란히 앉게 됐어요. '동업자'들의 모임에서 자주 보는 얼굴이니 불편할 건 없고, 뭐 그런대로…… 그런데 또 마침 우리 옆자리가 비었어요. 그가 한 자리 사이를 두고 나와 떨어져 앉더군요.

그래. 이만큼의 거리가 딱 좋다는 생각이 들었어요. 빈자리 하나 건너서 편한 사람이 있는 상태, 나머지 한쪽은 창이고. 오케이.

그래서, 어떻게 '딱 좋게' 왔냐구요? 아주 푸욱 잤답니다! 전날 밤샘하고 한숨도 못 잤거든요. 자고 일어나서는, 도착하는 순간까지 어떤 한 문제를 두고 집중적으로 고민을 했답니다. 그게 뭐냐면요, 과연 독일에 가서 소설을 쓸 수 있을까. 모두 아시는 대로 나는 당일연재를 하고 있잖아요.

연재 초기에 후배들을 만난 자리였어요.

—선배, 펑크 안 낼 자신 있어?

—펑크를 왜 내? 방법이 많은데. 음, 주인공한테 책을 읽게 만드는 거야. 그리고 그 책을 인용해. 몇 매는 그냥 채워질걸. 아니면 초반에 썼던 문장을 짜깁기해서 다시 써먹어. 드라마에도 회상 신 많잖아.

그 다음 말은 함께 있던 '미모의 편집자'에게 던지는 농담.

—아니면 편집자가 '지금까지의 줄거리'를 요약해서 내보내는 거야. 한 3회쯤.

후배들은 곧바로 나를 놀렸구요.

—과연 선배가 소설 뒤에 붙이는 답글을 연재 끝날 때까지 계속 쓸지 못 쓸지, 우리는 소설보다 그게 더 궁금해!

그날 그 화제가 즐거웠던 것은, 그러니까 철저히 농담일 수 있었던 것은 결코 연재를 빼먹지 않을 거라는 확신이 있었기 때문이죠. 그런데…… 오늘 같은 날이 오고야 말았군요.

『비밀과 거짓말』을 연재할 때, 마감한 뒤에 가족들과 뉴욕 여행을 하기로 했었어요. 그런데 그날까지 마감을 못해 결국 뉴욕까지 가서 혼자 호텔에 틀어박혀 소설을 썼죠, 비행기 안에서도 쓰고, 플러그 꽂을 콘센트를 찾아 헤매며 공항에서도 쓰고.

『소년을 위로해줘』는 그래서는 안 될 것 같아요. 많은 분들이 연재에 대해 걱정을 해줬는데 그때마다 내 대답은 한결같았거든요.

— 힘은 들지만 즐겁게(!) 쓰고 있어요. 이 소설은 좀 그래요.

독일 소식은 계속해서 올릴게요. 우리, 매일 만나기는 해야죠. '영국에 갔더니 어린애들까지 영어를 하더라'는 유머처럼 독일에 오니 뒷골목 안까지 다 벤츠군…… 이것이 베를린 공항에서 거리로 나온 뒤 나의 첫 소감이구요, 내일은 소원대로 소시지에 독일 맥주를 마실 것 같고, 또…… 남녀 혼탕 사우나는 다 아는 얘기지만, 알몸 수영장이 시내에 있다니 대략 궁금.



어느 날의 즐거운 오독誤讀 하나.

나는 정의를 사랑하지만 나라도 사랑하고 싶다.

— 알베르 카뮈

'나라'도가 아니라 '나'라도인 줄 알았지 뭐예요.

지금 나의 결심 : 나는 '나'라도 사랑하고 싶다!

그리고 인터미션이라는 나의 뻔뻔스러우나 책임감 강한(?) 결정이, 독일행 비행기에서의 좌석 배치처럼, 딱 좋다는 생각이 들 만큼, 꼭 그만큼의 거리가 되어주었으면……

intermission
2010.04.26~

내 마음이 사뭇 흔들려
그곳 포플러 나무 무성한 강가에
슬픔을 내려놓고 왔어요

독일통신 1

# 여행에서 가장 좋은 순간, 고독의 완결

조금 늦었지요? 한국과 달리 통신 사정이 좋지 않아요.

이곳에 와서 끼적인 메모 몇 가지를 옮겨볼게요.

자전거 : 베를린의 보도에는 자전거 길이 나 있다.

그냥 인도인 줄 알고 무심히 서 있다가 자전거와 부딪치기라도 하면 곤란해진다. 자전거, 웬만하면 다 보험에 들어 있다. 물론 면허도 있고. 간혹 자전거 길이 끊어지는 곳에서 버스 차선으로 들어가는 자전거, 아무리 느리게 달려도 버스는 자전거를 추월하지 못한다. 자전거의 권리가 최고다. 몸이 노출된 정도에 따라서 보호받는 데에 우선순위를 갖는 건가. 흠.

소나무 : 독일 숲은 소문대로다. 무성하고 아름답다.

나무에 나라 이름이 붙은 경우, 우선 떠오르는 게 일본삼나무, 독일가문비나무, 히말라야시다, 캐나다 메이플 등등. 지금 눈에 띄는 나무는 마로니에, 라일락, 포플러…… 소나무도 많다.

아항, 소나무야 소나무야 언제나 푸른 네 빛, 이 노래가 독일 민요였지. 어쩐지 소나무가 많더라니. 가이드가 알려준다. 그 노래 가사에 나오는 탄넨바움은 전나무인데요? 근데 왜 번역이 그렇게 돼서 나의 총명을 교란시키는 거?

못 십자가 : 어느 교회가 나치 공습으로 파괴되었다. 한 성직자가 무너진 교회에서 주운 못 세 개로 십자가를 만들었다.
짧은 못 두 개를 이어서 가로로, 긴 못 하나를 세로로 교차시킨 것. 그리고 부르짖었다. 신이여, 이런 짓을 한 인간을 용서하소서. 전쟁이 끝나자 그는 그 못을 교회를 파괴한 독일에 선물했다. 유럽을 여행하면서 가끔 느끼는 것. 다닥다닥 붙어서 전쟁도 많고 증오도 많은 대륙. 긴 시간 그렇게 서로 싸워왔기 때문에 화해하는 방법도 잘 아는 것 같다. 이 못 십자가가 지금 유럽에 유행이라고…… 그런가?

독일의 아침 와인 : 호텔의 아침 뷔페에서 얼음에 채운 샴페인을 보고 약간 놀랐다.
아침부터 술이라니. 물어보니 독일 스파클링 와인 'SEKT'라고 한다.
한적한 토요일 아침, 맛있는 뷔페 음식을 등 뒤에 가득 쌓아놓고 혼자 햇살을 바라보고 앉아 유리잔 벽을 기어오르는 거품을 바라보며 천천히 스파클링 와인을 기울이는 기분, 이런 호사라니!

여행자 : 이방인이라는 점에서, 여행자는 대부분 약자이다.
약해졌기 때문일까. 사랑하는 것보다 사랑받는 감정과 조건에 더욱 예민해진다. 낯선 도시에서의 새벽 꿈, 한때 나를 사랑해주었던 사람들이 찾아오기도 한다. 꿈에서 깨어 침대에 누운 채 새벽이 오는 것을 물끄러미 바라보며 생각한다. 여행에서 가장 좋은 건 닥쳐온 의무와, 그리고 일상적 절차에서조차 벗어난 '완벽하게 혼자 있는 시간'이라고. 그 시간에만 가질 수 있는 순진하고 온전한 감정과 그 감정을 보자기처럼 고스란히 감싸서 보존할 수 있는 고적함, 그게 좋다.

꿈에 사랑했던 사람들이 많이 찾아와주면 더 좋을 텐데.

꿈속에서나마 끊임없이 사랑하고 사랑받고……

특히, 긴 여행 떠날 때를 대비해서 사랑하는 사람을 더 많이 만들어놓았어야지!

독일통신 2

# 여행이 남기는 것 두 가지, 해본 일과 못해본 일

베를린에서 많은 일을 했어요.

관광객답게, 포도넝쿨 계단을 거느린 황제의 여름궁전에도 가고

(노점에서 사먹은 아이스크림이 맛있었음.)

작가답게, 박물관 미술관 장벽 국회의사당 같은 데 가서 공부도 좀 하고

(장벽에 그림을 그려 거리의 갤러리로 조성해놓았는데, '브라더 키스' — 그렇게 진할 필요 있나 생각함.)

여행자답게, 강가의 맥줏집과 패션 거리와 광장의 찻집과 카데베 백화점도 구경하고(백화점에서 세일하는 1유로짜리 판탈롱 스타킹 세 켤레를 샀음. 빨강과 초록과 블루.)

아, 그리고 문학 포럼도 잘 끝냈어요!

못해본 것.

술집 스탠드가 그대로 거리로 나와 돌아다니는 비어 택시라는 게 있더군요.

유쾌하고 '낯 두꺼운' 술꾼들이 모여 앉아서 맥주를 마시며, 발로는 페달을 밟아 차를 움직여 돌아다니는 거예요. 꼭 타보고 싶었는데…… 불발.

그리고 베를린 필 공연과 도심 동물원과 클럽 구경, 숲의 조깅도 다음 기회로.

나는 이제 부다페스트에 있어요.
'부다'는 언덕이고 '페스트'는 평지군요.
그 사이로 흐르고 있는 건 두나 강.
다뉴브라고도 하고 도나우라고도 부르는 그 강에 걸린 다리를 지나
언덕 위의 숲속 동네에 있는 한국 대사관저의 저녁 초대에 갔다가
다시 강을 건너 호텔로 돌아온 길이에요.

유럽 도시들이 다 그렇듯 잘 설계된 조명을 받으며 언덕 위에 서 있는 고성, 멋지군요.
하지만 더 멋진 건, 바로 달!
희미한 달빛이 아니에요. 정말이지 새 은화처럼 반짝반짝 빛이 뿜어져 나와요.
일행 중 한 분의 표현을 옮기면…… 어? 저 달, 진짜 자연산이네!

나는 한국 생각을 했지요.
지금 한국에서 누군가 바라보는 새벽 달 — 바로 저 달일까.
며칠 전에는 나도 그 새벽의 정적과 가벼운 피로 속에 책상 앞에 앉아 있다가
불현듯 창밖을 내다보며 소설 주인공들의 마음을 헤아리고 있었지요.
한국을 떠난 지 겨우 나흘인데……
거리를 두기 위해 떠나지만, 이렇게 멀리 떠나와 있을수록
그것이 결국 내가 돌아갈 거리라는 걸 깨닫곤 합니다.

독일통신 3

# 그런데, 왜 아름다운 것을 보면 슬퍼지는 걸까요

어제는 부다와 페스트를 오가며 온종일 두나 강을 보았어요. 아침시간, 가난한 배낭여행자들의 전망대로 불린다는 트램을 타고 강가 경치를 보았구요. 낮에는 헝가리 작가 몇 사람과 지하철을 타고 강가로 나가 노천 카페에서 차를 마셨어요. (대륙 최초인 헝가리 지하철이 유럽 최초는 되지 못한 이유; 섬나라 영국이 최초라서.) 그리고 모든 행사가 끝난 뒤 겔리르트 언덕에서 강의 야경을 내려다보며 마지막 밤을 보냈답니다.

밤의 강이란 정말 아름다운 것이더군요. 물과 흐름과 곡선과 굽이와 경계와 단절과 작별과 나무들과 배와 다리와 그리고 빛을 반사하는 수면…… 강이 품고 있는 모든 것들, 내 마음을 흔들어놓네요. 그런데, 왜 아름다운 것을 보면 슬퍼지는 걸까요. 기쁨과 아름다움과 사랑과 분노 등 모든 감정의 극한에 이르면 그 너머에는 슬픔이 있다고 『비밀과 거짓말』에 썼었지요. 끝에 이르면 슬퍼지는 것, 우리가 유한한 존재이기 때문일까요.

크로아티아에 갔을 때에도 참 사연 많은 나라구나 생각했는데 헝가리도 만만치 않더군요. (동양 민족이 가서 세운 나라라서 유럽의 왕따라나 뭐라나.) 합스부르크가와의 이중제국 시절도 망하고, 1차 대전 때 오스트리아와 합세했다가 망하고, 2차 대전 때 독일 편들었다가 망하고, 공산당에 합류했다가 망하고…… 자그마치 일곱 나라와 국경을 맞대고 있어요.

국가에 이런 가사가 있대요.

— 우리는 과거와 미래의 죄를 모두 벌 받았어요. 신이시여, 우리를 지켜주세요.

발라톤 호수에 대해 들었어요. 동독과 서독이 나뉘어 있을 때 그 두 나라 사람들이 동시에 찾던 휴양지래요. (드라마 〈아이리스〉에 나온다는데, 난 연재 때문에 드라마 끊었던 시절이고.) 헝가리는 동구와 서구 모두로부터 관광객을 받았기 때문에 동독과 서독으로 갈라져 서로 만날 수 없던 사람들이 그곳에서 만났다고 하네요. 독일 통일에 큰 공헌을 한 거죠. 잠시 이런 생각을 해봤어요.

받아들여질 수 없는 비극적 사랑에 빠진 연인들이
완고한 세계를 빠져나와 잠시 만날 수 있는 아름다운 해방구,
그런 곳이 세계 어딘가에 있다면…… 그곳에 가보고 싶다.

외국 작가들을 만나는 자리에서는 국위 선양을 해야 한다는 생각이 은근히 있나봐요. 헝가리 작가 대표에게 뭔가 인사치레를 해야 하지만 동시에 우리 자랑도 하자…… 그래서 말하기를, '부다페스트에 예쁜 여자들이 많네요, 한국만큼이나'라고 했더니 '여자가 예쁘면 남자들도 괜찮겠죠 뭐, 같은 인종인데'라는 대꾸.

어째, 진 것 같애……

어쨌든 다시, 강이 내려다보이는 밤의 언덕. 레스토랑에서 잘생긴 청년이 주문을 받으러 왔어요. 여행길에 총정리하겠다고 지금까지 연재한 원고를 프린트해서 가져왔었어요. 오는 비행기 안에서 읽으려고 시도하

다가 결국 잠만 잤는데요. 옆자리 앉은 일행이 조금 읽어보고 도무지 이해할 수 없는 구절이라고 지적한 부분이 바로 '물에 젖은 듯 윤기가 나는 속눈썹'이었거든요.

잘생긴 웨이터 청년을 가리키며 내가 그분과 주고받은 말.
—저 청년 눈썹을 보면 그 문장 알 수 있지 않나요.
—그렇네요.
실은 나는 눈동자를 그늘지게 만드는 처진 속눈썹을 더 좋아해요. 말려 올라간 긴 속눈썹은 마치 몸단장을 마친 것 같지만 눈빛을 그윽하게 만들어주는 처진 눈썹은 금방 세수를 마친 듯 순진한 느낌을 주잖아요.

마지막 밤에 묵은 호텔은 서울로 치면 밤섬 같은 곳에 있었어요. 아침에 강을 끼고 숲길을 산책했어요. 어젯밤 이후 내 마음이 여전히 슬프다는 걸 깨달았지요. 그리고 왜 그런지도. 중얼거렸어요. 나, 저 강에 뭔가 버리고 가려고 하는구나. 한순간도 내 곁을 떠나지 않아서 이곳까지도 나를 따라왔던 어떤 찬연했던 봄빛……

누군가 '다만 조심스러울 뿐'이라고 말한다면 그건…… 망설인다는 뜻이겠지요. 나 시간 많아. 기다릴게, 라고, 꼭 그렇게 대답하고 싶었어요. 하지만 두나 강을 바라보며 그만 고개를 젓고 말았습니다.
뜻밖에 흘러든 아름다운 노래가 나의 오랜 잠을 깨워 새벽을 물끄러미 바라보게 했지만, 얼어 있던 나의 자리를 녹이기 위해서 악마의 불씨라도 빌리고 싶었지만…… 아닌 거잖아요. 원한다는 건 가능하다는 것이다, 라는 프랑스 속담을 인용했던 게 「명백히 부도덕한 사랑」이었는데요. 그때에도 뭔가 놓아버렸던 것 같군요.(제 소설 속 소년도 소녀에 대해 말했죠. 놓친 게 아니라 놓아버린 거라고.) 버린 건 아니에요. 두나 강가에 내려놓았어요.

이 나라 민요에도 이런 구절이 있군요.
— 봄바람이 강물을 불린다. 내 사랑아 내 사랑아.
봄이면 깜짝 놀랄 만큼 두나 강물이 불어난다나요.

봄의 두나 강에 내가 내려놓은 걸 보기 위해 다시 올 날이 있을까요? 부다페스트…… 사람을 감상적으로 만들어놓는 도시였어요. 내 마음이 사뭇 흔들려 그곳 포플러 나무 무성한 강가에 슬픔을 내려놓고 왔어요. 안녕.

ARCH ANGEL ANTIQUE
Please visit our
Three floors of exceptional

# 돌아오는 길 — 나의 최적화 조건

정말이지 나는 잡념이 많아요.
학생 때 수업시간, 제대로 들은 적이 거의 없어요.
선생님의 말 한마디에서 어떤 상상이 시작돼버리면
그때부터 생각이 꼬리에 꼬리를 물고 어딘가로 나를 데려가버리죠.
신부님 설교도 마찬가지예요.
제단을 바라보며 얌전히 듣고 있지만 머릿속에는 딴 생각뿐이었어요.
이른바 분심.

그런데 그거 아세요? 잡념이 많기 때문에 지루함을 별로 모른다는 것.
잡념은 장거리 여행이나 긴 강연을 들을 때, 심지어 달리기를 할 때에도 도움이 된답니다.
장시간 비행기 탈 때도요.
(저혈압이라 차 안에서 책을 잘 읽지 못하는 사람이라면 더욱.)
영화를 한두 편 보기도 하고,
스도쿠 문제집 세 권을 다 풀어버린 적도 있지만
비행기 안에서 나는 대부분 잡념과 그리고 단순히 주변을 관심 있게 보는 것으로 시간을 보내지요.

부다페스트에서 서울로 가기 위해서는 프랑크푸르트 공항에서 비행기를 갈아타요.

그곳에서 후배들에게 선물할 흰 소시지 통조림을 사려고 했는데
이 독일통신을 쓰느라 면세점에 들르지 못했군요.
첫 독일 여행 때 도자기 단지의 뚜껑을 열고
뜨거운 물에 잠겨 있는 오동통한 흰 소시지를 본 순간이
독일 음식에 대한 최초의 호감이었던 것 같아요.
(함께 곁들인 바이젠 맥주 덕이었으려나……)

몇 년 전 가을, 독일의 작은 도시에 낭독회 갔던 기억도 나는군요.
벤츠 자동차 전시장에서 행사가 치러졌는데, 자동차가 내 낭독회에 온 건 처음이라는 말로 인사를 시작했어요. 대충 이런 내용으로요.
— 이렇게 날씨 좋은 금요일 밤, 한국에 있다면 지금 나는 동네에 있는 크롬바커 맥줏집에서 한잔하고 있을 텐데요. 주말 밤 즐거운 일들을 제치고 이렇게 내 낭독회에 찾아와주셔서 고맙습니다.
그러자 그분들이 갑자기 와글와글.
— 크롬바커, 여기서 가까워요!
앗, 여기 독일이구나!

할아버지 할머니에서부터 고등학생 소년까지 어찌나 낭독을 열심히 듣던지…… 문화 충격이었어요.
낭독을 끝낸 뒤 그 마을의 길을 포장하는 데 쓰였다는 포석을 선물 받았어요.
돌에 새겨지기를 'VIVA LITERA!'라고.
문학 만세.

비행기 안에서, 베를린과 부다페스트에 대한 몇 가지 잡념.

—거리 이름이 '황제 사냥터'이다. 미국 도시에서는 넓은 길이란 뜻의 '브로드웨이'란 거리명을 가장 많이 본 것 같은데. 확실히, 오래된 나라라는 게 멋이 있구나.

—아우토반이 시작되는 곳에 경기장에서나 보는 스탠드가 설치돼 있다. 자동차 강국을 꿈꾸며 아우토반을 만들던 시기, 자동차 성능을 지켜보기 위해 만든 관중석이라고 한다. 달리는 자동차를 바라보기 위해 고속도로에 설치된 스탠드라니! 물론 지금은 텅 비어 있다. 나에게는 혼자 앉아서 하염없이 길을 바라보기 위한 기나긴 의자처럼 여겨진다. 한자리에 가만히 앉은 채로 여행하는 기분이 들 것도 같다. 그렇게 앉아서 속도에 묻혀 흘러가는 시간을 지켜보고 있자면 자신이 서서히 소멸해가는 존재라는 걸 깨달으며 조금 슬퍼질지도……

—독일 차는 시속 200킬로미터(!)에서 최적화되도록 만들어져 있다. 땅이 넓은 미국은 오래 달려야 하므로 최적화 조건이 승차감에 맞춰져 있고. 통일이 되면 우리나라 자동차가 10시간을 계속해서 달릴 수 있는 거리가 확보되는 만큼 성능이 업그레이드될 거라는 말도 들은 적 있다. 나라는 사람은 어떤 조건에 최상품이 되도록 맞춰져 있을까, 소설 쓸 때? 그때만은 내가 그다지 나약하지도 어리석지도 않다고 여겨진다. 나의 최적화 조건은…… 물론 소설가겠지, 그래야만 해!

—베를린은 음주 단속이 거의 없다고 한다. 에이, 어른인데 자기 일은 자기가 알아서 하겠지 뭐, 이런다나? 가이드였던 미스터 롱(한국 이름이 롱)의 표현이다.

—베를린 장벽은 철거되었지만, 그것이 있던 자리를 따라 바닥에 벽돌이 박혀 있다. 그것이 선이 되어 이어지는데, 강물 위를 지나기도 한다. 참, 인간이 하는 일이란. 그 강 위 하늘과 아래 물속에 살고 있는 모든 것들이 인간을 실컷 비웃었으리라.

—한국어는 소수의 언어이다. 한국 작가는 제한된 독자밖에는 가질 수 없다, 고 생각해왔다. 헝가리어를 쓰는 사람은 더 적다. 그런데 자기 언어에 자부심이 대단하다고 한다. 죽은 지 400년 뒤에 유명해진 국민 작가가 있는데, 내가 놀란 것은 400년 전에 씌어진 글이 지금도 아무 곤란 없이 잘 읽힌다는 점이다.

—알파벳을 읽을 줄 알고 눈치를 조금 갖춘 덕분에, 어느 나라를 가든 화장실 정도는 찾을 수 있다고 생각했다. 남녀 화장실이 헛갈린 건 헝가리가 처음. nom 비슷한 단어가 적혀 있어 남자라는 뜻을 가진 불어 '옴므'쯤 되겠지 했는데 여자 화장실이었다. F로 시작되는 약간 긴 단어를 보고 female을 연상했지만 남자 화장실이었고. 한국의 원로작가 선생님이 부다페스트 여자 화장실에 가시게 된 사연이다.

—〈아름답고 푸른 도나우〉라는 왈츠곡을 아는 한국 사람들. 어? 도나우 강이 푸르지 않은데요? 라고들 한다고. 도나우 강, 즉 두나 강은 유속이 빨라 바닥의 흙을 일으키므로 회색이라고 한다. 하지만 아주 날씨 맑은 날, 수면에 하늘이 비쳐서 강은 푸른색이 된다. 그런 멋진 날이 1년 중 며칠이나 될까. 예술가들은 그걸 포착하고 또 과장해놓았구나. 음…… 그런 걸 우연한 절정이라고 표현하면 어떨까.

—승객 여러분 편안히 쉬셨습니까. 이제 곧 아침식사를 준비하겠습니다. 나른한 가운데 기내 방송이 들리고 어둠 속에서 사람들이 하나둘 부스럭대기 시작하고 실내등이 밝혀진다. 좋아하는 음식이 뭐냐는 질문을 받으면 이렇게 대답해야겠다. 음…… 기내식이요. 물론 여행을 좋아한다는 뜻이다. 비슷한 표현이 뭐가 있을까. 설마…… 사식이요……? 그렇게 말하면 분위기 험악해지겠지?

다 왔다. 비행기가 바다를 건넌다.

그런데 해안을 따라서 여기저기 거대한 날개의 흰 비늘깃털 같은 게 펄럭거리고 있다.

바다에 바람이 부는구나. 파도가 일고 있는 거야.

서울은 지금 바람이 불고 있고,

공항에는 그리운 이를 기다리는 사람들이 도착층에 서 있을 것이고,

그리고 나는 그 사람들 사이를 빠져나와 집으로 간다.

돌아왔다.

먼 곳에 길게 다녀온 기분인데 아직도 4월이다.

그런데 날씨가 차갑다. 겨울은 왜 다시 온 거니?

거기에서부터 다시 시작하라는 거야?

## 다시, 작업실
2010.04.30~

여행에는 그게 있어요
돌아오면 역시 또 그 사람으로 살겠지만
나, 떠나기 전과 100퍼센트 똑같은 사람은 아니에요

twit

## 기쁨이라는 욕망

기쁨이 없다는 사람, 욕망부터 가져야 하는 게 아닐까.
번거로운 욕망을 버렸더니 기쁨마저 사라져버렸다.

# 여행의 시간은 몸에 새겨집니다

여행이 남긴 것들, 무엇이 있을까요. 우선 선물이 있겠죠. 나는 좀, 재미있는 선물이 좋아요.

그런 걸 사다준 적 있어요. 좀비소설을 쓰고 있던 A에게는 머리통이 깨져 두개골이 드러나고 입이 피범벅인 좀비 고무인형을, 연애가 잘 안 돼 상심하던 B에게는 그걸 쓰고 불빛을 보면 무지개색 하트가 가득 나타나는 종이 안경을, 유난히 겁 많고 몸을 사리는 C에게는 건드리자마자 나무로 된 뱀이 튀어나와 손가락을 덥석 무는 장난감 상자를.

'달력을 선물하면 1년 내내 그 사람을 생각하게 돼.' 이건 『마지막 춤은 나와 함께』에 썼던 대사인데요, 달력도 나의 페이버릿 아이템이랍니다. 매일 색다른 여성의 유혹을 받을 수 있는 캘린더걸 일일 달력, '월리를 찾아라' 시리즈가 그려진 퍼즐 달력, 우리나라의 농가월령가를 연상시키는 독일의 농사 달력 등등.

그리고 손바닥 안에 쏙 들어가는 앙증맞은 휴대용 재떨이라든가 여는 순서를 모르면 절대로 열 수 없는 보석함, 집어들기 쉽게 한쪽 끝을 살짝 접어놓은 수공예 금속 눈금자. 은으로 된 이쑤시개 같은 것도 선물한 적 있어요.

간혹 환영받지 못한 선물도 있긴 하지만 대부분은 좋아하더라구요. 부담이 없으니까요. 맛있는 술과 안줏거리를 사와서 선물 전달식 겸 파티를 하곤 했는데…… 요즘은 다들 활동이 많아져 얼굴 보기도 힘들군요.

이번 여행에서 사온 선물 중 재미있는 건 부엌칼로 유명한 쌍둥이 회사의 코털 제거기예요. 칼날도 정교하고 가죽 케이스까지 있어요. 남에게 빌려줄 수 없는 극히 사적인 물건에 부리는 재미있는 호사, 나는 괜찮다고 생각해요.
—자, 여기. 독일 쌍둥이표 코털 제거기! 쌍둥이표 다용도 칼을 가진 남자는 많지만 이거 가진 사람은 별로 없을 거야.
이렇게 말해야지.

얼마 전 눈썹이 참 예쁜 사람에게 물어본 적 있어요. 어떻게 했길래 그렇게 예뻐? 조금 정리를 한대요. 그래서 흰색 가죽 케이스가 있는, 과일칼 한 자루보다 더 비싼 족집게를 사봤는데, 과연 좋아할까요? 상관없어요. 여행에서의 쇼핑은 사는 재미이기도 하니까요,

그리고 또, 여행 뒤에 남는 것, 사진이겠죠. 나는 여행갈 때 카메라를 안 갖고 다녀요. 사진 찍는 데 얽매이다보면 정작 눈과 마음에 담아오는 데 소홀해지는 것 같아서요. 마치 필기하느라 설명은 제대로 안 듣는 것처럼. 하지만 이번 여행에서는 약간 후회를 했어요.

뭐니 뭐니 해도 이번 여행에서 가장 치명적으로 내게 남겨진 것, 그건…… 식당에 가면 마실 것부터 주문을 받잖아요. 난, 거의 매일 생맥주였어요. 돈까스 비슷한 슈니첼, 오리고기 앤테, 족발이라고 할 수 있

는 학세, 소시지 구어스트, 그리고 이태리 사람들이 자기네 고향에서 먹는 것보다 덜 짜서 더욱 맛있어한다는 이태리 음식. 미스터 롱이 안내한 식당은 매번 훌륭했구요.

또 호텔의 아침 식사에 나오던 질 좋은 치즈들, 특히 토마토와 오이와 허브와 올리브유를 곁들인 모차렐라 치즈. 여러 종류의 과일이 들어 있는 요거트, 그중 씨리얼에 버무린 요거트의 맛은 이번에 처음 알게 됐어요.

부다페스트는 고추를 많이 먹는 곳이죠. 우리랑 맛이 다르긴 하지만 고추장 튜브가 기념품에 있을 정도예요. 그러니 육개장과 비슷한 굴라시 수프, 맛있었구요. 헝가리 피자라는 게 있는데, 피자에 큼직한 고추를 토핑한대요. 헝가리 작가협회의 홀에 차려져 있던 점심도 인상적이었어요. 국수가 들어 있던 맑은 고기수프, 샐러드, 생선, 여러 종류의 고기튀김, 버섯튀김. 게다가 그곳에서 생산되는 와인까지. 그 결과는……

여행 떠날 때는 점퍼의 지퍼를 잠그고 갔는데 돌아올 때는 열어놓고 왔어요. 책상에 앉아 있는 지금, 몸 여기저기가 둔해서 거북하네요. 앞으로 쓸 소설 속에 옷 칼럼이 한두 편 더 나올 텐데, 어쩌죠? 직접 기분을 느껴보기 위해 자다 일어나서 스키니 진으로 갈아입진 못할 거 같아요.

그리고 끝내 여행이 남기는 것, 작별. 거리를 두기 때문일까요, 나를 묶어두는 것으로부터 자유롭게 생각하기 때문일까요. 아니면 나 자신을 낯선 곳에 혼자 떨어뜨려놓고 속마음을 들여다보기 때문일까요. 혼란스럽던 문제들이 불현듯 명료해지는 순간, 여행에는 그게 있어요. 돌아오면 역시 또 그 사람으로 살겠지만 나, 떠나기 전과 100퍼센트 똑같은 사람은 아니에요.

여행의 시간은 흘러가버리지 않고 내 몸 안에 새겨집니다. 여행을 하고 있을 때는 그것을 수행하느라 긴장되고 바쁘잖아요. 그런 점에서 어쩌면 여행의 여정이란 돌아온 다음부터, 내 마음속의 반추로부터 시작되는 게 아닐까요.

twit

# 키에르케고르와 존 레넌

그는 부조리의 힘으로 그것을 믿었다. 왜냐하면 일체의 인간적인 타산은 이미 오래 전에 그 기능을 잃고 있었기 때문이다.

—키에르케고르

밀린 원고를 쓰기 전 잠시 손에 잡은 책, 2시를 넘긴다. 뭐야, 남들이 이미 이렇게 재밌게 써놓았는데 나까지 쓸 필요 있을까.

존 레논의 말은 어때요.

My role in society, or any artist's or poet's role, is to try and express what we all feel.

Not to tell people how to feel.

Not as a preacher, not as a leader, but as a reflection of us all.

'욕망을 버렸더니 기쁨도 사라졌다'는 제 말에 '오히려 그 반대 아닐까요, 기쁨이 있어야 욕망이 생기는'이라고 대답하셨네요. 나를 기쁘게 하는 일에 미쳐보는 것, 그거야말로 절정이겠죠. 하지만 상처받을까 두려워 그냥 욕망하지 말기로 해버리는 사람도 많으니까요.

twit

## 변화의 조짐

비밀번호를 바꿨다. 다른 암호로 열리고 싶어졌다.

아기는 자고 있을 때 가장 사랑스럽고 애인은 멀리 있을 때 가장 애틋하다고 생각했었다. 비겁하게도. 지금은 아니다. 사랑하는 사람, 달려가 깨워서 왁자지껄 소풍 떠나고 싶다. 인생은 해를 등지고 노는 것.

적이 많은 사람이라 해서 편견을 품지는 않는다. 하지만 친구를 번번이 적으로 만드는 사람에게는 어쩔 수 없이 선입견이 생겨난다.

## 나만의 새로운 변주, 곧 보여드릴게요

새 소설을 쓰기 위해 가장 먼저 하는 게 집 떠나는 일이에요.
새로운 공간에 가야만 긴장이 되고요.
일상을 떠나야만, 상식적인 얼굴 뒤에 숨겨져 있던
무시무시하고도 무지막지한(?) '작가 본능'이 발현되거든요.
그동안 정말 많은 곳을 돌아다니며 소설을 썼어요.
콘도, 모텔, 휴양림, 고시원, 친구의 빈집, 남의 작업실, 단기임대 아파트, 그리고 물론 작가 집필실이라는 이름의 '시설'……



지금 나는 막 원고를 넘기고, 짐을 꾸리려 해요.
강원도의 '시설'로 내려갑니다.
챙길 것은 랩탑, 시디들, 헤드폰, 노트들, 메모판, 위스키, 커피머신, 원두, 내 이름이 'Ann'이라고 새겨진 나의 커피잔. (타히티에서 경비행기 타고 더 들어가는 테티아로아라는 작은 섬의 유일한 호텔에서 나는 그렇게 불렸어요, Eun은 발음이 안 되는지라……), 그동안 아껴두었던 동료 S의 약사 동생이 만들었다는 몸보신용 환약, 옷 몇 벌과 모자, 세면도구 등등.

챙길 필요 없는 것은 책(거기에 작은 도서관이 있어요), 세탁비누(세탁기도 있구요), 그릇들(밥을 먹여준답니다!).

이게 중요한데요. 챙기지 말아야 할 것, 예쁜 옷과 구두.

자칫하면 외출하고 싶어지거나 혹은 누군가 찾아오기를 기다릴 수도 있으니까요.

연희동에서 오피스텔 작업실로, 이제 강원도까지……
하긴 내가 변덕이 심하고 변화를 좋아하긴 해요.
심지어 좋아하는 시 제목도 「사랑의 변주곡」이잖아요.
(『소년을 위로해줘』에서 「사랑을 알 때까지 자라라」는 소제목이 김수영의 그 시에서 따온 것이죠.)

『새의 선물』이라는 소설의 제목,
문학동네소설상에 응모할 때는 '연애 대위법'이었구요.
(이건 왜 생각났지?)

어쨌든, 나만의 새로운 변주, 대위법, 곧 보여드릴게요.

원주
2010.05.03~

내가 너를 찾고 있는 것은
보이지 않을 뿐
어딘가에 아직 있다고 생각하기 때문이겠지

twit

## 고립되고 간절하고 밤은 멀지만

강원도에 도착. 이곳에서 가장 시끄러운 건 뻐꾸기, 가장 바쁜 건 구름과 그리고 떠나온 도시의 그리운 이를 생각하는 나.

twit

## 애매함의 취향

흐름과 리듬을 타고 별 뜻 없이 뻗어나가는 언어의 성찬이 있고, 끝내 정확해지기 위해 건조하게 밀도를 높여놓은 저장형 문장이 있다. 취향 문제다. 진위가 아니라.

어떤 문장의 그럴듯함은 애매함에서 온다. 잘 맞는다는 점괘와 마찬가지로 비결은 범위가 넓다는 것. 진지하기만 하고 취향이 없는 사람에게나 도움이 된다.

## 비 오는 날, 위험한 짐승으로서의 한순간

처음 달리기 대회에 나간 게 2002년 봄이었어요.
난지도 공원을 끼고 달리는 환경 마라톤. 5킬로미터였던 것 같아요.
그 정도라면 그냥 걷기만 해도 완주는 하겠지……

그 뒤 얼마 안 가 동아일보의 마라톤대회에 참가하게 됐어요.
그 신문사의 신춘문예 중편 당선자 모임에 속해 있었는데, 말하자면 단체 섭외를 받은 거죠.
안면도 꽃박람회와 함께 치르는 큰 행사라서 홍보거리가 많이 필요했나봐요.
동인들과 함께 보낸 안면도의 밤은 무척 즐거웠다죠.
인터뷰할 내용도 있어야 하니, 연습도 몇 차례 했고 운동복도 샀고.
그러나 정작 시합에는 못 나갔다는……
그날 오후에 '무려' 대통령 후보를 인터뷰할 약속이 잡혀 있었는데
행사로 인한 차량 통제 때문에 아침 일찍 출발할 수밖에 없었거든요.
미리 인터뷰한 마라톤 기사에는 '완주 후 기뻐하는 동인들'이란 사진에 내 얼굴도 있었지만.

어쨌든 그때 운동복이 어울린다는 말을 들었어요.
그 무렵 살사를 배워보고 싶었는데 파트너가 있어야 하는 춤이란 점이
나한테는 악조건이라 엄두가 안 났었거든요.

그럼에도 뭔가 몸을 움직이는 일을 하고 싶었는데,
마침 옷도 어울린다니 달리기를 해야겠군, 음.
운동복보다 무용복이 어울린다면 그 얼마나 좋을까마는.

몇 달 뒤 미국에 가게 되었죠.
시애틀의 '머서 아일랜드'라는, 섬 전체가 공원 같은 도시에 사는 2년 동안 때때로 달리기를 했어요.
봄이 시작되는 때 섬을 한 바퀴 도는 달리기 대회가 열리는데 두 번 참여했구요.
여전히 8킬로미터. (5마일 대회가 있답니다.)
하프 마라톤을 뛰어본 건 한국에 돌아온 뒤였어요.

달리면서 정말로 많은 생각을 해요.
특히 『소년을 위로해줘』를 구상하면서 보낸 지난 몇 년 동안
달리기와 소년에 대해 수많은 문장과 디테일을 만들어보곤 했어요.
근데 나, 메모를 하지 않거든요.
귀찮아서이기도 하지만 시간이 지난 뒤에는 메모를 들여다봐도
그걸 썼을 때의 감각과 절실함이 느껴지질 않아서 말예요.
다시 비슷한 상황이나 비슷한 감정에 닥쳐서야 전에 느꼈던 감각과 절실함이 되살아나죠.

소년의 하프 마라톤 장면을 쓰면서
이틀 연속 달리러 나갔던 게 바로 그 때문이랍니다.
이틀 연달아 뛰어본 건 처음이에요. 몸이 좀 무겁네요.
'몸이 기억한다'—이 문장을 쓰면서 씁쓸……

메모만으로 기억이 떠오르면 좋을 텐데 직접 몸을 써야 하다니……

달리기를 한 뒤로 몸에 대한 생각이 많아졌어요.
몸으로 할 수 있는 많은 일들이 좋아졌어요.
몸으로 느끼는 것들 — 비박, 달리기, 먹기, 밤샘 뒤의 혼곤한 잠, 그리고 너에게 닿기.

비 오시네요. 봄의 나무들이 젖은 몸을 떨며 환호하고 있어요.
기억나요.
어느 여름밤 비를 맞으며 호수공원을 달렸던 때, 온몸을 사로잡던 '젖는다'라는 느낌의 황홀함!
'나는 시방 위험한 짐승이다'라고 중얼거리는, 비 오는 날 한 마리 위험한 동물로서의 한순간!

## 바야흐로 때는 봄, 『어쩐지 크리스탈』, 마구마구 금요일!

동의하지 않는 상황에 대해서도, 대체로 좋게 넘어가려고 하는 소심한 나. 하지만 가끔 고집을 피울 때가 있어요.

언젠가 라디오에 출연했는데, 나온 김에 환경 캠페인에 대한 녹음을 해달라고 하더군요. 거절했어요. 어처구니없다는 듯 담당자가 물었어요. 아니, 숲을 살리자는 데 동의 안 하시나요? 물론 동의하죠. 하지만 나는 캠페인을 별로 좋아하지 않아요. 아무리 옳은 말이라고 해도 잔소리처럼 들릴 수 있는 말은 하고 싶지 않아요. 그리고 '나온 김에'라니. 좀 무례한 거 아닌가요. 이 말은 그냥 속으로만(나의 한계).



또 이런 일이 있었어요. 한 관공서에서 나의 책으로 독후감대회를 열었다며 시상식 겸 낭독회에 출연해달라는 거예요. 리허설을 해야 한다며 두 시간 전에는 도착해야 한다나. 가보니 완전 관제행사였어요. 관공서 주관이라서 싫은 게 아니고 전시용 행사였다는 거죠. 더구나 사회보는 연예인은 바쁘기 때문에 시작하기 바로 전에 와도 됐고, 작가는 리허설을 하고도 한 시간 넘게 대기하고…… 왜 그렇게 많은 공무원들이 나와서 의자 위치며 출연진의 옷차림이며 세세한 것까지 신경쓰나 싶더니…… 당시의 문화부 장관이 참석한다더군요.

장관이 등장해서 무대에 올라 축하의 말을 하고 내려와 사라지는 것까지의 동선을 장관 대역과 비서진 대역이 몇 번이나 연습하고 있었어요. 작가가(나 개인이 아닙니다) 이런 행사를 위해 리허설 때부터 불려나와 장관 인사말에 손뼉 치는 연습을 해야 한다? 사전에 말해준 것도 아니고. 말했으면 100퍼센트 안 갔겠지만. 그냥 확 돌아나오고 싶었지요.

근데 그래봤자 가장 곤란해지는 건 행사를 맡은 기획회사 담당자이고, 또 내 책을 읽고 독후감을 써준 수상자한테는 예의가 아닌 것 같고. 무엇보다 책 홍보를 위해 함께 간 출판사 편집자의 당황한 표정이…… 그래서……

— 나는 그냥 내 순서에만 나갈게요.

이렇게 말하고 장관이 오는 시간까지 2층의 녹음실로 가서 편집자와 잡담을 하며 시간을 보냈어요. 그 궁색함이라니…… 다른 작가라면 당당히 화를 내고 일어나 나가버렸을 텐데…… 이런.



또, 문화인이 청소년을 만나 자기 분야에 대한 이야기를 들려준다, 이런 기획을 했대요. 어떤 인연 때문에 거절할 수가 없어 참여하게 되었어요. 그런데 진행하는 걸 보니 이건…… 부처 홍보를 위한 것이지 청소년과 문화에는 별로 관심도 없다고 생각되더라구요. 내가 말했어요.

— 이른바 '결손가정 청소년'과 '장애우'(이런 용어들이라니!)는 앞세우지 마시고요, 학생들 단체 동원하지 마세요. 특히 아이들 노는 토요일과 일요일로 날짜 잡으면 안 됩니다.

고집을 부리고 폼을 잡았더니 결국…… 자발적 신청으로 온 학생은 다섯 명이더군요. 전국에서.

돌아오며 여러 가지 생각을 했어요. 초기 단계에서는 약간의 동원이 필요한 걸까. 하지만 그럼에도, 원칙은 있어야 한다는 쪽으로 마음을 군혔답니다.

김수영의 「어느 날 고궁을 나오며」라는 시에 있잖아요. 언론자유를 요구하거나 월남 파병 반대에는 나서지 못하고 '30원을 받으러 세 번씩 네 번씩 찾아오는 야경꾼'에게 화내는 사람. 모래야 나는 얼만큼 작으냐, 라며 돌아서서 자책하는 그 사람.
나 역시 아직도 야경꾼에게만 화내는 소심한 사람이지만 불이익도 당하고 싶지 않고, 또한 그것의 뒷면인 특혜도 받고 싶지 않아요.

『마지막 춤은 나와 함께』에서, 여자가 술 따르는 것에 의미를 두는 가부장적 남성들에게 진희가 말하죠. "저는 술도 잘 따르고 술값도 잘 냅니다." 여성에게 가해지는 이데올로기의 폭력에 저항하겠다는 건데, 이렇게 되면 스스로를 더욱 불리하게 만들어버리는 셈이네요. 아이러니하게도.
그리고 말이죠. 불이익은 '당근' 당하면 안 되지만 혜택은 약간씩 받아도 되죠, 뭐. 요건 요즘 집필실이라는 '시설' 신세를 지며 하게 된 생각입니다. 나도 참…… 소설 쓰는 일 앞에서는 아무것도 묻지도 따지지도 않더라구요.

지금은 아침 7시 35분, 원주 매지리.
능선 위로 솟아오른 찬란한 햇살이 숲으로 쏟아져서 눈을 뜰 수가 없군요. 연두와 초록의 숲, 복숭아나무와 철쭉의 분홍과, 명자화와 박태기나무의 빨강과, 옥매화와 민들레와 애기똥꽃풀의 노랑과, 돌배나무와 조팝나무의 흰색…… 빛과 색의 아침 축제! 바야흐로 때는 봄, 아침은 일곱시, 그리고, 어쩐지 크리스탈…… 마구마구 금요일!

twit

## 복숭아밭 가까이에서 종일 놀았다

불쑥 손님이 찾아와 꽃핀 사과와 배와 복숭아밭 가까이에서 종일 놀았다.

매지리 주 씨 아저씨네 꽃밭 : 호두나무 잎 피기 시작했고, 할미꽃 꽃잎 져서 더벅머리처럼 수술만 남았고, 박티기나무 붉은색과 조팝나무의 흰 꽃들, 옥매화의 노랑 흐드러졌고, 붉은색 초록색 껍질이 알록달록 벗겨진 수피에 연분홍 꽃 아른아른 모과나무, 모란과 철쭉은 그저 덤덤하고, 등불 같은 금낭화는 조롱조롱, 매화 지고 복숭아 피고……

봄날의 작별 : 음악 드리고 갈까요? 근데 외장하드를 안 갖고 왔다…… 그에게서 빌렸던 책을 돌려줬는데, 떠난 뒤 생각해보니 그 안에 끼워져 있던 그에게 선물 받은 시까지 함께 돌려주고 말았다. 칫, 되는 게 없어……

짧게 지나가겠지만 영원히 정지해 있을 거란 기대 품게 만드는 봄, 이라는 4월의 문자. '짧게 지나가겠지만'에 하루 울고, '영원히 정지해 있을 거란 기대'에 하루 기운 내며 시간이 흘렀다. 봄이 이어진 게 여름이겠지? 봄의 끝이 아닌 거지?

twit

## 나한텐 산다는 것이 너무 어렵군

에스프레소 잔을 깨뜨려버렸으니 내일부터 추출기 밑에 뭘 받쳐놓나…… 잔을 자주 떨어뜨려 깬다. 그쪽에서도 잡고 있을 거라고 믿는 거지. 유리잔을 믿는 마음, 가상하다.

아기들은 눈앞에서 사라진 물건을 찾지 않는다. 다시 나타나면 깜짝 놀라며 신기해한다. 그렇게 숨바꼭질의 임팩트가 강한 것은, 눈에 안 보이는 건 없다고 생각하기 때문이다. 내가 너를 찾고 있는 것은, 보이지 않을 뿐 어딘가에 아직 있다고 생각하기 때문이겠지.

누구나 친구를 고를 수는 있지만 현명한 사람만이 자신의 적을 고른다고, 오스카 와일드가 말했다는데. 싸움을 피할 수 없다면 가치 있는 싸움을? 그러려면 삶 자체가 품위가 있어야겠고. 이래저래 나한테는 어렵군.

## 나, 손톱 아직 잘 기르고 있어요

어젯밤엔 반팔을 입어도 덥더니 오늘 날씨, 약간 흐리네요.
이제 내 몸의 리듬을 되찾아서, 낮에 일하게 되었어요.

지금은 아침 6시 13분.
원고를 보내려고 인터넷이 연결되는 휴게실에 왔는데
벌써 랩탑을 들고 와서 들여다보고 있는 어떤 작가.
아항, 무협만화 보시는군요?
네? 한 시간 집중해서 조금 전에 시 두 편을 완성한 뒤라구요?

글을 쓸 때 장소와 환경에 영향을 받는다는 건 당연한 일.
무엇에 대해 어떤 식으로 말할지는 미리 정해져 있지만 디테일은
그때그때 포착되는 생각과 장면들이 그대로 옮겨지기도 하니까요.

레이먼드 카버가 소설을 쓰던 중에 잘못 걸려온 전화를 받은 일화도 있잖아요.
흑인으로 짐작되는 남자 목소리였는데, 그 전화를 끊고 나서
소설에 비슷한 캐릭터의 인물이 등장하기 시작하더라는 얘기 말예요.
『새의 선물』을 쓸 때 무주의 안국사라는 절에 신세지고 있었는데요.
그때 가장 가까이 있던 인물은 공양주 보살 할머니 두 분,
그 덕에 소설에 진희 할머니가 자주 등장했는지도 모르죠.

그래서일까요, 나는 내 소설을 읽으면 그것을 썼던 장소가 먼저 떠올라요. 「아름다움이 나를 멸시한다」 「고독의 발견」 「날씨와 생활」 「다른 모든 눈송이와 아주 비슷하게 생긴 단 하나의 눈송이」, 모두 이곳 원주 매지리에서 쓴 소설이에요.

이곳에서 보낸 계절과 산책 중에 본 것들, 먹은 음식과 만난 사람들이 들어 있답니다. 이제 또 이곳에서 어떤 일들을 겪고 보고 그것이 어떻게 내 소설에 들어가게 될지 모르겠네요.

— 처음 인사드립니다. 주말인데 술 한잔 하실까요?

— 네, 근데 제가 암이라서……

— 앗, 죄송합니다. 그럼 옆의 선생님은……

— 실은 저도 암이에요.

이런 대화도 있구요.

'대학 캠퍼스 매점에서 아이스바를 먹는다. 재잘대는 학생들을 보는 즐거움.'

'오른쪽에 호수를, 왼쪽에 캠퍼스를 끼고 달리기를 한다. 봄 햇살 눈부신 수면 위 줄지어 늘어선 벚나무 그림자를 차고 오르는 재두루미들. 반대쪽에서는 공 튀기는 소리와 함성, 드럼과 기타와 여학생 보컬의 연주. 응, 그래. 다 있다!'

'캠퍼스 안에 작년에 없던 트랙이 생겼다. 야간에 조명을 밝힌다고. 거기에서 주인공이 달리는 장면 넣을 것.'

이런 메모도 있어요. 가까운 곳에 대학이 있거든요.

참, 나 손톱 아직 잘 기르고 있어요!

## 배꽃은 흰색, 복숭아는 분홍색, 사과꽃은?

A와 B, 그녀들은 좀 말랐어요. 마른 대로, 보기 좋은 맵시를 갖고 있지요. 친구들은 말해요.

— 저렇게 두 허벅지 사이에 틈이 생기는 다리 한번 돼보고 싶다.

— 어떻게 무릎을 꼭 붙이고 운전하는 자세가 나올 수 있지? 뱃살이 전혀 없는 거잖아.

— 타고났어!

그런데 어느 날 그 둘이 주고받는 말.

— 살 안 찌는 것도 많이 먹으면 쪄.

— 그래, 맞아.

그러니까…… 그녀들도 나름대로 신경을 쓰고 있는 거지요?

부러움 반 핀잔 반, 친구들의 '지적질'.

— 쟤들 봐. 샐러드도 소스 안 묻은 쪽 야채만 골라 먹고 있어.

— 세상에. 회 한 점을 세 번에 나눠서 먹네.

그러니까…… 그녀들에게는 어떤 절제 같은 것이 있는 거죠?

오래전, 지원자와 청원자 과정에 있는 예비수녀님들을 가르친 적이 있어요. 지도 수녀님 말씀이,

— 우린 생활조건이 단순해서 몸도 단순해요. 그래서 아프면 의사들이 진단내리기 쉽다고 해요.

이곳 매지리에서 단순한 생활을 하게 된 나. 몸도 단순해진 김에, 밤샘

과 스트레스와 운동 부족으로 얻게 된 이른바 '연재 살'을 해결해보자.

이런 생각들이 오고갔어요.
—맛만 보지 뭐.
결과적으로 뭔가를 먹겠다는 뜻이다.
—이건 살 안 찌는 음식이니까.
A와 B의 충고! 그것도 많이 먹으면 찐다잖아.
—다이어트 식품이니까 괜찮아.
다이어트 식품이란 말은 먹어서 살이 빠진다는 뜻이 아니라
단지 다른 걸 먹는 것보다는 덜 찐다는 뜻일걸.
—저녁을 적게 먹을 테니 점심때는 좀 먹어도 돼.
어디까지인지를 정해놓지 않으면 '좀'이 '꽤'가 된다.



근데 오늘 아침 문득 또 이런 생각이 들겠지요.
A와 B도 아무 긴장과 원칙 없이 그 맵시를 유지하는 건 아닐 테지.
그런데 세상에는 말라서 날렵하고 세련돼 보이는 것과 마찬가지로
건강한 몸이라서 다정하고 활달하고 유능하게 보이는 여성들도 많다.
마른 게 보기 좋은 그녀들, 자유로운 식생활을 즐길 수 있는, 건강한 모습이 어울리는 여성들보다 과연 나은 걸까.
부러워할 것만은 아니었나……?
흠…… 나 지금 솔직한 거 맞지? 적응 아니지?

벌써 해가 높이 떠서 숲에 햇살을 한가득 부려놓았네요.
눈이 부셔 능선의 푸른빛이 실루엣으로 보여요.
참, 배꽃은 흰색, 복숭아는 분홍색. 사과꽃은 무슨 색인 줄 아세요?

## 기억하며, 혹은 기억하려고 애쓰며

작년 겨울, 후배들과의 술자리가 파해가고 있을 때.
카운터에 가서 신용카드로 계산을 한 뒤 자리로 돌아와 마지막 잔을 비우는 참이었어요.
주인이 우리 자리로 오더니 내게 펜을 내밀어요.
저기, 사인 좀 해주세요.
후배들이 일제히 나를 바라보았지요. 작가란 걸 알아봤구나. 역시.
하지만 주인의 다음 말은 '영수증에 사인을 안 하고 가셨어요, 손님.'
네, 알겠어요.

그냥 '사인'이라고 말하지만
저자의 서명은 signature가 아니라 autograph라죠. 그건 그렇고.
사인을 요청받을 때마다 나는 실은 좀 긴장이 돼요.
문구를 어떻게 써야 할지.

사인회에서 있었던 일.
사인을 하고 있는데 함께 간 출판사 담당자가 와서 내게 귓속말을 해요.
—선생님, 사람이 많이 안 와서요…… 좀 천천히 사인하세요.
나는 나 때문에 서서 차례를 기다리는 분들,
어색하고 민망하여 최선을 다해 빨리 쓰고 있었거든요.
—그리구요. 건너편 서점의 사인회에는 기다리는 줄이 인도까지 뻗었

다고 하네요.

만화가이신데 일일이 얼굴을 그려주고 있다고……

네. 담당자가 옳아요.

사인회가 너무 빨리 끝나버리면 계속 서점의 구내방송을 들어야 하거든요.

—지금 문학코너에서는 소설가 아무개의 사인회가 진행되고 있습니다. 많은 참여 바랍니다. 지금 문학코너에서는……

에고, 그냥 좌판을 걷었으면……

이런 일도 있었어요. 엄마 손을 잡고 온 꼬마가 사인하는 내 모습을 감탄스러운 눈으로 바라보는 거예요.

—와!

응? 작가가 대단한 사람이라고 생각하는 거?

—와, 진짜 빨리 쓴다!

네, 알겠어요.

보통은 그냥 '만나서 반갑습니다'라고 쓰곤 하는데

그보다는 개인적 느낌이 드는 문구를 써줬으면 하더군요.

노골적으로 '다른 말 좀 써주시면 안 돼요?' 하는 분도 있구요.

지금 힘든 상황에 있으니 용기를 주는 말을 써달라고 하기도 해요.

아내나 아이나 여자친구의 이름을 써달라고 하는 분도 있어요.

IMF 때, 힘들어 보이는 40대 남자분이 힘나는 말을 써달라고 했을 때

진땀을 빼며 속표지 한 장을 빽빽이 채웠던 기억도 나는군요.

나 즉흥적인 글 진짜 못 쓰는구나, 라고 속으로 자책하면서.

다른 작가들은 어떤지 물어봤는데요.
마음에 드는 독자에게는 '만남을 기억하며'라고 쓰고
그렇지 않은 독자에게는 '만남을 기억하려 애쓰며'라고 쓴다며
위악적인 농담을 하는 선생님도 있었구요.
그게 뭐 어렵냐고, 쉽게 생각하면 된다고 말해주는 동료도 있었어요.
가장 좋은 충고는 '네 소설 대목에서 한 구절 골라 써봐'였던 듯.

한때 '안으로 열熱하고 겉으로는 서늘옵게'라는 구절로 사인을 한 적이 있긴 했어요.
정지용의 문장인데, 석사 논문을 쓸 때 가장 마음에 둔 구절이었거든요.
내 소설이나 삶이 지향하는 태도와도 맞아떨어지고.
하지만 내 문장은 아니니……
역시, 지금까지 쓴 소설에서 몇 개 골라봐야겠어요.

이건 어떨까요. 「내가 살았던 집」의 구절인데.
— 이루어지건 안 이루어지건 꿈이 있다는 건 쉬어갈 의자를 하나 갖고 있는 일.
……아, 잘 모르겠어요. (그나저나, 저 구절이 인터넷에서는 쉬어갈 '의지'로 잘못 인용되어 돌아다니고 있다던데……)

twit

# 작은 기쁨들

자유로워진다는 거. 자기 자신한테 뻔뻔해지는 일이야. 남에게 뻔뻔하면 안 되지만. 어제 이런 말을 들었다. 상처 줄까봐 망설이는 친구가 조언을 구하길래 들려주었더니 기뻐한다.

비 오시는 날, 모두들 시장으로 칼국수와 부침개 먹으러 나간다. 꾹 참고 안 따라간다. 낮에 일해야만 저녁에 마음 편히 외출할 수 있다. 어제 타로 점을 쳐주었던 105호실 작가와의 약속. 내 애정운이 그리 좋다는데 밥을 안 살 수 없다.

# 그래서…… 오늘 아침, 나는 인간의 약점을 사랑하려구요

건강한 몸에 건전한 정신이 깃든다, 이런 말이 있었잖아요.
전국체전 같은 데에 사용될 만한.
쿠베르탱? 올림픽과 관계된 분의 말인 것 같은데, 생각 안 난다.
찾아볼 기운도 없고……
왜 그러냐면요. 간밤의 음주생활 때문……

건강한 몸에 건전한 정신이 깃들듯
건강한 환경으로 온 이후 밤샘을 안 하게 된 것까지는 훌륭했는데요.
낮에 일한 덕분에 밤 시간을 세이브해서 이렇게 술을 마시는 건, 그건 꽤나 곤란하군요.

한 후배의 말이 생각나요.
스마트폰 어플이 마음에 드는 건
자신이 불완전하다는 걸 알고 계속 업그레이드하는 태도가 좋아서래요.
그 말을 듣고 나는 미국 자동차의 타이어 이야기를 했구요.

우리와는 조금 다른 개념이긴 한데
미국의 스페어타이어는 다른 타이어보다 크기가 조금 작아요.
위급할 때 비상용으로 쓰긴 하지만, 작기 때문에 그 상태로 오래 운전할 수는 없답니다.

카센터가 나타나면 반드시 정상적인 타이어로 바꿔 끼워야 하죠.
그러니까, 인간이 그런 무방비하고 허술한 존재란 걸 전제로 하고 있는 발상.
'자동차가 말썽을 일으키지 않는 한 사고 위험이 있는 스페어타이어를 그대로 낀 채로 운전하는 게 인간이다.'
— 뭐야, 진짜 사람 못 믿는 나라네.
이렇게 말하는 사람도 있었지만 나는 기분이 괜찮았어요.

착하게 살자, 예의바른 인간이 되자, 밝은 사회 화목한 가정……
건전함에 대한 온갖 구호와 강요가 넘쳐나는 데 진력이 난 사람이라면
인간의 불완전함과 약점을 인정하는 사회, 마음이 편해지는 면도 있잖아요.
그래서…… 오늘 아침, 작취미성의 나는 인간의 약점을 사랑하려구요. (나를 포함……)
불완전하다는 걸 알아야 스스로 업그레이드되려는 노력도 할 테죠.

아니 아니, 지금은 그냥 아무것도 안 하고
오전 8시 35분 이 시각 이미 온 세상을 볕과 꽃과 빛과 색의 잔치로 만든,
가는 봄의 짧은 아침을 즐겨보겠어요.
그런데…… 모두가 바쁘군요.
새와 벌레와 나무와 물소리와 개와 고양이와 버스와 꽃들 구름 모두가.
그렇다면 나도 이제…… 이 글을 보낸 뒤, 커피콩을 갈 시간…… 굿모닝!

## ……한쪽 젖이 없는 어머니

조금 전 박경리 선생님 제사를 모셨어요.
음복이 지나쳐서 아침 인사글은 쓰지 못할 것 같아요.
그래서 미리 씁니다. (지금도 취중이긴 해요.)

선생님의 부음을 제주에서 들었습니다.
그곳에 있는 선배의 작업실을 빌려 원고를 쓰고 있었거든요.
(그 선배도 토지문화관 집필실 인연으로 친해진 분이었어요.)
때는 제주가 1년 중 가장 붐비는 5월.
소식을 듣자마자 공항으로 달려갔지만 표를 구할 수 없었어요.
하는 수 없이 다음날 표를 사야 하는 심정.
밤새도록 운전을 해서라도 갈 수 있다면 얼마나 좋을까……
제주가 섬이란 걸 뼛속 깊이 실감했어요.

다음날 장지에서 밤을 새우는데, 방송국에서 작가들을 붙잡고 인터뷰 요청을 하고 있어요. 숨어 다녔지요.
여러 매체에 많은 작가들이 추모의 글을 썼어요.
나는 한 줄도 쓰지 못했어요. 할 말이 없었던 건 아니에요.
토지문화관의 작가 집필실에 여러 번 신세를 졌고 선생님과의 개인적 추억도 없지 않고, 무엇보다 선생님을 좋아하고 있었으니까요.

하지만 왜 그랬는지, 선생님에 대해 아무 말도 하고 싶지 않았답니다.
선생님의 기억을 나 혼자만 갖고 싶었는지
내가 밝히는 이야기를 선생님이 원치 않을지도 모른다는 조심스러운 마음이었는지
아니면, 선생님과 가까운 사이처럼 보이는 게 외람되다고 생각했는지……

물론 그 무렵 힘들게 원고를 쓰고 여러 귀찮은 세리모니에 발 벗고 나선 분들을 생각하면 이기적이고 사치스러운 감정이겠지요.
그래도…… 나는 그냥 선생님과 나의 개인적인 영역을 개인적으로 간직하고 싶었습니다.
술자리에서 떠드는 정도로요.
작가로서의 선생님, 한 인간으로서의 선생님, 여성으로서의 선생님, 대선배로서의 선생님, 동시대인으로서의 선생님. 여러 번 감탄했지만.

내가 본 선생님.
강하면서 천진하고 고독하고 허술하고 독립적이고 다정하고 섬세하고 사려 깊고 철저하고 용기와 신념이 있고 따뜻하지만 깐깐하고 예민하고 너그럽고 의심하고 독하면서도 마음 약하고 솔직하고 싸워야 할 때 싸우고 작가로서 성실하고 자기 객관적이고 그리고 수줍고 사랑스럽고 멋스럽던 선생님. 그립습니다.
몸 안 가득 대지와 같은 모성이 차 있었지만
암 수술 이후 활을 쏘는 아마존 전사들처럼 한쪽 가슴이 없으신 모습,
나는 마음속으로 '한쪽 젖이 없는 어머니'라고 중얼거렸지요.

이제 휴게실로 내려가 우리의 미모의 편집자에게 이 글을 전송하겠어요.

한 번 더 읽어봐야 할 텐데……

아침인사에는 어울리지 않지만 애도의 분위기 그대로 그냥 보내버리죠 뭐.

언젠가 술자리에서, 상을 당해 노래방으로 2차를 가지 못한다는 후배에게 내가 말했어요.

같이 가자. 가서 〈불효자는 웁니다〉 부르면 되잖아.

음…… 무슨 일이든 여러 가지 방법이 있을 수 있으니까요.

twit

# 취중 트윗

음복이 지나쳤다. 성은 빼고 내 이름 불러주시던 선생님. 가시기 전에 심은 두릅을 며칠 전에도 먹었다. 이곳에서 처음 먹은 반찬은 선생님이 새벽에 책상에서 다듬으신 나물. 과분하여 그립고도 취하고도…… 문득 함부로 하지 못할 것들에 대해 생각한다.

봄날이었을까, 나는 오렌지색 스웨터를 입고 있었지. 행사가 끝난 다음날 선생님께서 아침밥을 먹자고 부르셨다. 박완서 선생님과 오정희 선생님이 와 계셨고. 햇살이 비쳐드는 선생님 댁의 아침밥상에서 세 분의 대선배가 나누시는 이야기를 들으며 나는 그랬다. 정말 이것이 현실일까. 그렇구나. 꿈이 아니야. 내가 작가가 된 거야, 아아!

# 악의를 해소하는 일…… 간단치 않다

주말에 서울 다녀왔어요. 반팔 옷을 입었는데 밤엔 쌀쌀하더군요.
내가 간 곳들……
수많은 책 사이로 책과 가까워지려는 사람들이 돌아다니는 행사장,
친구들을 기다리다 와인 향기에 끝내 기억이 희미해져버린 2층 파스타집,
문 앞에 흰색 자전거가 매어져 있고 천창으로 들어온 햇빛과 테라스의 바람…… 한가로운 카페,
지난겨울 망설임과 간절함 속에 병문안 갔던, 『소년을 위로해줘』의 첫 장면에 영감을 주었던 병원 동네,
영화가 시작되기를 기다리는 동안 의자에 앉아 이어폰으로 아름다운 노래를 들었던 극장.

서울을 겨우 열흘 떠나 있었던 건데 호들갑은……
그런데 매지리로 돌아오니
겨우 사흘 만인데, 이 또한 꽤 오랜만인 것 같아요.
긴 시간이 흘러간 것 같지만 한편 순간순간의 시간은 빨리 가는 것, 이게 뭘까요.

소년은 시간과 겨룬다, 이런 문장을 쓰고 싶군요.

'독자와의 만남' 같은 행사를 마친 뒤에는 늘 같은 생각을 해요.
왜 이렇게 나는 진지한 것일까. 게다가 그런 진지한 분위기에서 벗어나려고 던진 어색한 농담들은 또 뭐고……

한때 강연에 가면 이런 말로 분위기를 풀어보려고 했었어요.
— 저는 글을 잘 쓰기 때문에 말은 잘 못합니다.
여전히 썰렁…… 어떤 독자가 말해주더군요.
— 그런 말로 강연 시작하는 작가들 많으세요.
그야말로, 세계는 이런 식으로 넓어지는 거 아니겠어요.

어제, 취중의 대화 하나.
— 내가 이러면 안 되지…… 하는 그런 짓을 하고 나면, 좀 건전해지는 것 같아.
— 그걸 이제 알았어? 난 진작에 알았는데.
— 그래? 그래서 나를 그렇게 괴롭히고도 뻔뻔스러웠던 거구나.

그래서 쓴 짧은 글.

사소한 나쁜 짓을 해야 삶을 책임지는 억울함이 약간 가신다.
하다못해 폭음이라도.
근데 남을 끌어들이면 대가를 치러야 하고
또 너무 일찍 깨치면 나쁜 일을 할 시간이 많아서 곤란하다.

누구에게나 필요하다고 생각하지만
악의를 해소하는 일…… 간단치 않다.

twit

## 말들의 그림자

망연. 조용하다고만 여겼는데, 거기 없는 거였어.

전화기 고장. 칠흑 같은 밤의 먹통 속에 잠긴 먹끈 같은 내 전화번호들…… 단 하나도 외우질 못하네.

불투명해졌어. 이 말은 안 된다는 뜻일까 확실하지 않다는 뜻일까. 후배와 문자 주고받으며 그 말을 서로 다른 뜻으로 쓰고 있다는 걸 깨달았다.

위의 글에 '우리는 얼마나 많은 말을 잘못 쓰면서 모른 채 살아가는 걸까'나 '삶이 다 이런 식이다'를 덧붙이면 빈말과 헛소리로도 원고료를 받을 수 있다.

사전을 찾아보면 될 걸 여기에 쓰고 있다. 이런 게 트윗이다.

## 그렇게 걸음을 늦추며, 뒤를 한번 돌아보며, 우리

아파트를 구하면서 반드시 1층이어야 한다고 했더니 부동산에서 의아해하더군요.

빛은 좀 안 들고 실내가 약간 으슥하고, 들어오면 어딘지 숨었다는 느낌이 드는 곳,

나는 그런 곳을 원했거든요.

그전에 살던 집이 8층 남향이었는데

그땐 공중에 떠 있는 환한 빛의 상자 한가운데에서 사는 기분.

과도하게 노출돼 있는 느낌인데다

사물이 명쾌하다 못해 좀 날카로워지는 것 같았어요.

아파트 생활이 일반화되면서 종종 생각하는 건데

숨을 곳이 조금도 없는 공간, 상상력도 비밀도 그리고 위로도 빼앗겨 버린 거 아닐까요.

옛 선비들이 책을 읽는 장소도 서쪽 방이었다나……

「명백히 부도덕한 사랑」이란 소설에

서쪽 창으로 들어오는 햇빛을 바라보며 아침잠을 깨는 여자가 나와요.

편집자가 서쪽 창을 동쪽 창으로 바꿨어요.

그 시각에 서쪽 창으로는 그렇게 강한 햇살이 들어올 수 없다구요.

나는 교정지 한쪽에 이렇게 썼어요.

—아는데요. 그냥 그렇게 쓰고 싶어요.
뭐랄까…… 반드시 서쪽 창으로 들어오는 햇빛의 느낌이라야 했거든요.
그녀는 무기력하고 고독하고 결코 행복을 얻을 수 없는 사랑에 빠져 있는데,
동쪽과는 거리가 멀지 않을까요.

편집자가 문법에 맞지 않다고 지적한 부분이 또 있었어요.
내가 다시 교정지에 쓰기를
—아는데요. 제가 '고독은 오랜 친근' 같은 김수영 식 표현을 좋아해서……  비문이지만 그냥 쓰고 싶어요.
그래서 결과는…… 편집자와 친해졌다나 뭐라나.



소설 속 소년이 신은 운동화가 시간 배경에 맞아떨어지느냐는 독자의 질문, 기억나요.
소설 속에 명시하지 않는다 해도 쓰는 사람의 머릿속에는
시간과 공간이 명확히 설정돼 있어야만 인물의 동선을 상상할 수 있지요. (나는 작은 달력을 두 개 갖고 있어요. 소설 속 주인공의 스케줄과 내 스케줄이 표시돼 있는.)
그 신발, 한국에 출시된 시기를 확인하고 맞춰서 쓰긴 했지만
그다지 중요한 건 아니라고 생각해요.
모르는 채로 혹은 무심히 쓰면 안 되겠죠.
그러나 쓰는 사람 스스로에게 허용치라는 게 있는 건 아닐는지요.
그 신발을 신겨야만 할 중요한 이유가 있다면 말예요.

전에는 영국의 호텔 전화번호까지 실제로 있는 번호를 썼었지만 요즘

나는 좀 이런 식이에요.
느슨해진 게 아니라,
설득력이 없을 정도로 동떨어진 게 아니라면, 그리고 디테일이 현실에서 벗어나면 안 되는 세태소설이나 현장 고발소설이 아니라면
가장 중요한 건 소설 속의 내적 질서가 아닌가 싶어요.

밤 빗소리가 좋군요.
정지용의 시에 '수박 냄새 품어오는 저녁 물바람'이란 구절이 있는데요.
지금 창을 열어보니 개구리 소리는 한층 요란하고
비에 젖은 숲과 논에서 상쾌하고 구수하고 비릿한 냄새가 풍겨 나오네요.

내일도 비가 올까요?
눈부시고 선명한 봄 날씨도 좋지만요.
조금 어둡고 차분하고 숨을 수 있는 분위기의 1층 아파트처럼,
그녀의 서쪽 창처럼, 오랜 친근인 고독처럼
그렇게, 걸음을 늦추며, 뒤를 한번 돌아보며,
우리, 5월의 빗속으로.

twit

## 예술가의 도덕

비즈니스맨은 목적을 가지고 관계를 맺지만 예술가는 모든 관계를 불시에 목적화한다. 부도덕한가? 좋은 비즈니스에는 도덕적 기반이 필요하다. 그러나 예술에 도덕은 성립되지 않는다. 간교한 예술가들은 필요할 때 그 명제를 사용한다. 그런 것 같다.

문장의 탄력에 대해 궁리해야 한다. 근데 밑천이 달려 말장난만 하고 있다. 지능이 형성 안 된 아기가 누워서 제 발을 갖고 놀듯이…… 어쩔.

# 시골은 정말 시끄럽답니다,
# 살아 있는 것들의 살아가는 소리로요

메모를 잘 안 한다고 말했는데요.

당장 쓰고 있는 소설에 대해서는 그럴 수가 없어요.

특히 메모판과 구상 노트와 연습장 없이 장편소설을 쓴다는 건 거의 불가능하죠.

소설을 쓰기 시작하면 나는 반드시 새 노트를 산답니다.

거기에다 전체 테마, 인물, 플롯, 분위기, 장소, 상징, 톤, 디테일, 대화…… 이런 것들의 틀을 일단 세워놓고요.

연습장에는 그때그때 떠오르는 아이디어나 해결해야 할 문제들을 적어가면서 소설과 병행하는 거죠.

『소년을 위로해줘』를 쓰면서 벌써 연습장을 세 권이나 썼군요.

또 달력을 찢어 벽에 붙여놓고 거기에 매일의 시간 관리 내용과 일한 매수 등을 적어요. (꾸준히 안 할 때도 있고.)

포스트잇, 이것 역시 잊어버리지 않아야 할 것들, 새로 떠오르는 생각들을 환기시키기 위해 필수.

수첩도 필요해요. 전체 틀을 흐트러지지 않게 꿰어주는 끈이라고 할까요.

매회 무슨 내용을 썼으며 앞으로 어떤 내용이 들어갈지

전체 흐름과 매수를 조절하는 또 하나의 노트도.

그리고 필요한 자료를 조사해 옮겨 적어놓을 다른 노트 한 권.

그리하여 지금 내 책상 위에는 랩탑, 노트 세 권, 연습장, 달력,
두 종류의 수첩(갖고 다니는 것과 놓고 다니는 것),
각종 포스트잇(인물과 사건과 장소별로 색깔을 달리해보려고 하죠),
형광펜과 볼펜과 연필들, 또 지금까지 연재한 원고를 챕터별로 묶어놓은 프린트 뭉치들이 있답니다.
커피와 알람시계와 핸드폰과 귀이개와 스탠드 등과 CD와
내게 용기를 주는 좋아하는 사람들의 사진도.
어휴, 그러니 항상 어지럽게 늘어져 있을 수밖에……



메모판에 붙은 것 중 이런 메모가 눈에 들어와요.
미스 리틀 선샤인 ; 따뜻한 냉소와 가치전복의 유머
키즈 리턴 ; 폭력에 노출된 불안하고 약한 존재를 보는 안타까움
박치기 ; 풋사랑과 편견 깨기
나는 공부를 못해 ; 다른 가치관과 자기에 대한 솔직함
밝은 미래 ; 분노와 불안
릴리 슈슈의 모든 것 ; 폭력과 고립, 위안
이토록 뜨거운 순간 ; 에단 호크의 푸른 눈
물론 『소년을 위로해줘』와 관련해 생각을 불러일으키는 것들이죠.

〈이토록 뜨거운 순간〉은 배우 에단 호크의 자전적 소설을 본인이 감독한 영화로 먼저 봤어요.
영화를 보고 나서 『소년을 위로해줘』 구상에 도움이 될 것 같아
책을 사봤던 게 2년쯤 전이었나?

영화에서 받은 것만큼 인상적이진 않았어요. (소설에는 에단 호크의 푸른 눈이 안 보여서였을까요.)

영화를 보며 특히 전율을 느낀 것은 에단 호크가 아버지로 등장하는 순간이었어요.

아버지와의 관계에서 상처받은 소설 속의 소년 에단 호크가
영화 속에서는 스스로 그 아버지 역할을 맡은 거예요.
나에게 상처준 사람이 되어보는 것, 멋지더라구요!

밤새 창을 때리던 빗소리와 개구리 소리 그치고,
새소리가 들리기 시작했네요.
그거 아세요? 시골은 정말 시끄럽답니다.
살아 있는 것들의 살아가는 소리로요.
다들 열심히 살고 있군. 그렇다면 나도…… 굿모닝!
음…… 역시 닭이 제일 시끄럽군.

twit

## 모든 게 먼 새벽의 깊음

커피콩을 갈아야 할지 몰트위스키를 따라야 할지 재스민 티백을 꺼내야 할지…… 선택의 시간. 물은 끓고 밤은 깊고 모든 게 멀다.

나 : 난간에 기대어 서쪽 숲으로 기운 새벽 북두칠성을 바라본다. 한 발 다가가면 센서 등이 켜져 별은 사라지고. 너의 집 앞에 우두커니 서 있다 들킨 짐승 같은 내가 드러난다.

K 시인 : 원주 간 뒤로 서정성이 농후해졌어요.

나 : 새벽의 캠페인 — 나무를 심읍시다. 메아리가 살고 있는 세상!

K 시인 : 트윗은 새벽에 해야 제맛이에요. 메아리가 들려오면 어찌나 살가워지는지……

## 자라면서 가장 많이 들은 말, 넌 참 별 생각을 다하는구나

이곳에 함께 지내는 동화작가가 타로 점을 봐줬어요.
나는 물이고 전차. 그리고 수레바퀴인 사람을 사랑하고 있대요.
이번 책이 나오면 다 잘될 거래요. 헤헤.

점괘도 궁금하긴 했지만
나는 이른바 리더(읽는 사람)라고 불린다는 '점쟁이'의 태도도 흥미로웠어요.
— 점을 봐주는 사람 자신의 성향이 점괘에 영향을 미치겠죠?
라고 물었더니 맞다고 하더군요.

별자리를 기준으로 해서 물, 불, 흙, 바람 네 가지 성향이 있는데요.
리더 중에는 물 성향이 가장 많대요.
물처럼 남의 운명에 스며들어 몰입하여 점괘를 읽는다구요.
리더가 흙 성향이면, 더하지도 덜하지도 않고 차분하게 적당한 데까지만 읽는다 하고
불인 경우에는 화려하고 강렬하게, 바람일 때는 음…… 뭐라더라……

사진을 찍힐 때요, 시선을 어디에 두나요?
나는 사진 찍는 사람을 봐요.
보통은 사진 찍는 사람이 렌즈로 피사체를 엿본다고 말하지만

나는 사진을 찍히면서 그 사진을 찍고 있는 사람의 몰두한 자세를 엿본답니다.

사진 찍는 포즈는 사람마다 다르거든요.

발을 벌리는 사람 붙이는 사람, 몸을 숙이는 사람 젖히는 사람……

삐딱하기도 하고 천진하기도 하고 혹은 시건방져 보이기도 하고 어정쩡하기도……

언젠가 후배들과 안면도 놀러 갔다오는 길에 개심사에 들러 사진을 찍었어요. 후배 K시인의 카메라 앞에 선 우리.

누군가 말했죠. 야, K는 사진 찍는 폼이 제일 섹시하다니까!

내가 사랑하는 또 다른 K, 그는 렌즈를 왼쪽 눈에 대고 사진을 찍어요.

오른쪽 눈으로 찍게 되면 왼쪽 눈을 감아야 하는데

자기도 모르게 입꼬리가 벌어져서 표정이 추해진다나요.

왼쪽으로 찍으면 손이 오른쪽 얼굴을 다 가려주고요.

그래서 왼눈으로 찍는 연습을 했대요. '간지' 때문에. 귀여워라.

내가 자라면서 가장 많이 들은 말 가운데 하나가

'너는 참 별 생각을 다한다'예요.

점을 치면서 점쳐주는 사람의 머릿속을 짐작하고

사진을 찍히면서 찍어주는 사람의 포즈를 구경하고

그런 것도 '별 생각'에 속하겠죠?

근데 혹시 그 별별 생각이 내가 쓰는 소설의 길을 내고 물꼬를 터주는 건 아닐까.

그참, 별 생각을 다……

twit

# 두리번거리면서

트위터…… 거대한 시장이다. 반찬 두 가지만 만들 건데 끝이 안 보이는 이 시장 안을 어디까지 둘러봐야 하고, 대체 뭘 사야 하는 거지?

나와 친한 사람들은 몇 명 빼고 모두 트위터를 하지 않는다. 나 역시 그쪽 나라 사람인데. 내가 부분적으로 변한 거다. 그들이 왔으면 좋겠지만 오지 않는 마음 100퍼센트 긍정.

내가 멋진 신세계 혹은 원더랜드라고 부르는 스마트폰, 그리고 트위터 덕분에 혼자 있을 때조차 생각이란 걸 하지 않는다. 오직 그것만 해야 하는 달리기 때에나 생각을 조금 하는 정도. 이 또한 MP3플레이어를 안 갖고 달릴 때 얘기다. 비밀이 없으면 가난한 거라지만 생각이 없다면 그건,……어째서 나인 거지?

twit

# 말과 침묵

1시간 반 동안 문자 채팅을 했다. 이쯤 되면 말이 아니라 캐릭터에 의존해서 대화한다. 전화는 문장이지만 이건 단어. 모든 허사가 들어갈 부분을 사적인 포즈pause가 채워준다.

옆방 문을 두드려 캔맥주 두 개를 빌려온 지 한 시간 만에 다시 두 개가 필요해졌다.

큰일이다. 언제부턴가 가짜와 허튼소리, 거짓 맹세를 알아보게 된 것 같다. 재미없게 돼버렸다.

나 왜 이러지? 거짓과 헛소리가 보이기 시작한 게 아니라, 읽고 보는 모든 게 거짓과 헛소리로 보이는 건가?

1. 거짓이 아니라 헛소리들이다.
2. 말할 수 없는 것에 대해서는 침묵해야 한다.

— 둘 다 비트겐슈타인.

twit

## 사랑이 어렵고, 사람이 어렵다

토론할 내용을 원고로 보내달라 한다. 같이 토론하는 후배 원고 좀 볼 수 없냐 물으니 그도 아직 안 썼다고…… 이 주제를 받고 우리, 희희낙락했었는데. 막상…… 어렵다! '사랑과 문학'.

너는 나와 같은 종류의 인간. 두 가지 이상의 이유가 있어야만 움직인다. 왜? 효율을 따지거나 몸이 무겁거나 겁이 많거나 인생이 짧다고 생각하거나? 고칠 마음이 없으니 그건 중요하지 않다. 다만…… 너와 내가 생각이 비슷해서 다행이다. 각자의 동선에서 그래도 가끔은 마주치니까.

간밤에 책상 앞에서 고통스러웠던 게 쓸 말이 없어서가 아니라 단지 몸이 아팠을 뿐이었다는 걸 이제야 깨닫는다. 허한 몸을 일으켜 창에 기댄 채 5월 햇살이 가득 쏟아부어진 골짜기와 들판 오래오래 바라본다.

기운 차리려고 원주 시내 나갔다. 식당 많은 데서 대충 차 세우고 편의점 들어가 '맛있고 기운 나는 음식점'을 물어보니 왠지 기뻐한다……? 오가며 매지리에는 없는 선거 현수막 많이 봤다.

'사적으로 알고 보면 좋은 사람이야.' 공적으로 나쁜 사람에게, 이런 말 위험하다. 지속적으로 가까이에 머물며 그에게 영향을 끼칠 결심과 책임감이 없다면 해서는 안 될 말. 아는 사람이 달걀에 얻어맞아도 그냥 지나가는 게 옳다. 선거철, 온정의 위험성.

불편하고 어렵던 그의 작품이 조금 쉽고 따뜻해졌다. 이것은 한 성취다. 하지만 이번에도 대중은 받아들이지 않는다. 대중은 쉽고 재미있는 것을 애호하는 한편 아예 어려운 것이라야 존경심을 품는 것 같다.

## 비 오시네요, 오는 게 아니라

비 오시네요.
무심코 쓰던 말이 '아, 그랬구나!' 싶을 때가 있어요.
왜 '오신다'라고 표현했을까. 반가웠을까. 이를테면 지금 같은 봄비……

언젠가 좋아하는 사람과 오래 이야기를 나누며 시간을 보냈어요.
그러다 내가 갑자기 크게 말했죠.
'아, 이런 게 바로 사랑을 속삭이는 거구나!'
별 내용 없는데도 서로 귀를 기울이고 흥미로워하고
그리고 오랫동안 이야기를 이어가고 있는 상태, 그거였구나……
달리기를 할 때면 다리에 힘을 주기도 하고 배에 힘을 주기도 하고,
내 몸을 이리저리 놀려보아요.
문득 머릿속에 떠오르는 말, 힘을 실어준다……
다리에 힘을 실어주면 다리의 근력이 느껴지고 배에 실어주면 그리로 힘이 몰려요.
그 부분이 단련되는 거죠.
이런 게 바로 힘을 '실어주는' 것, 짐을 실을 때처럼.

'꿈같다'는 말이 있죠.
그런 순간이 있었어요. 내게.
물론 행복하기 때문에 꿈같다고 할 테지만, 조금 달라요.

정말 믿기지 않는데, 그런데도 너무나 가까이에 행복이 있는 거죠.
이렇게 만지고 있는데도 하지만 내 것은 아닌 행복. 이거구나, 꿈같다는 말……
하루키 소설에, 손이 닿는 그 한 뼘 너머에 어둠이 있다는 구절이 있어요. 꿈같은 행복과 한 뼘 너머의 어둠.
어쩌면 같은 존재일 수도 있다는 생각이 들어요.

이런 문장을 떠올려봤어요.
'격렬한 슬픔, 그 역시 열정이다. 네가 그토록 휩싸이고 싶어했던.'

사랑할 때 우리는 행복만을 열정이라고 생각하기 쉬워요.
하지만 슬픔과 실망과 두려움도 사랑에서 비롯되는 열정 안에 속하겠죠?
그걸 피하고 싶다면 행복까지를 피하는 게 공정한 태도일까요.
음…… 감당하자……

비 오시는 날.
숲의 초록이 온통 안개를 머금고 젖어 있어요.
한 겹 베일에 싸인 세상, 새소리마저 물기에 젖어 먼 데서 들리는 것 같구요.

이런 월요일도 괜찮아요. 모두 '괜춘'한 거죠?
말의 세계란, 늘 쓰다가도 불현듯 새롭고,
한민족 모두가 갖고 놀 수 있는 광활한 놀이터.

## 미안, 하지만 알고 있어요

오랜만에 집에 들렀어요.

오늘 아침에는 1층 아파트의 내 방 창문으로 날이 밝는 걸 보아요.

깜빡 잊고 있었는데, 연분홍꽃 작약이 피어 있네요.

꽃 진 모과나무 잎 푸르고 쥐똥나무도 산수유도 꽃사과나무도 잎이 무성. 아, 넝쿨장미도 벌써 붉게 꽃피웠네……

그냥 시간의 흐름에 따라 저희들 나름으로 살아가는 것뿐이지만

오랜만에 돌아온 사람으로서는 '응, 반겨주고 있구나'라는 느낌이 들어요. 내가 떠도는 동안 너 그 자리에 있어주었네, 라며.

사람은 자신의 감정을 타자에게, 사물에게까지, 강렬하게 이입시켜요.

그것으로 자기 속의 감정이 무언지 불현듯 깨닫기도 하구요.

반겨주기를 바랐었구나.

그러니까, 집 떠나 떠도는 데에 좀 지쳤구나, 내 마음.

이런 경험 있으신지요? 난 늘 그가 바람이라고 생각했는데, 따지고 보니 떠도는 것은 바로 나였어요.

오랜만에 옛친구들을 만난 자리에서 누군가 내게 말하더군요.

—넌 네 생각만 하고 사는 것 같더라. 작품 쓴다는 명분이 있으니 그래도 되는 거겠지?

이어서 다른 친구들이 나에게 불평하는 것들,
놀랍게도, 모두 내가 남에게 불평하는 것과 똑같은 내용이었어요.
너무 내 생각만 하고 사는 거, 작품 쓴다는 명분, 맞아요. 미안.
하지만 그렇게 할게요. 미안. 알면서도……

이건 좀 다른 얘기지만
사주에 따르면, 나는 늘 떠돌고 외롭도록 되어 있다고 하네요.

> 내 사주에는 외로울 고孤와 역마살이 있다.
> 타인을 향해 달려가지만 가까스로 합해진 다음에는 떠날 궁리를 하고
> 혼자가 되면 또다시 타인을 갈망하는 자.
> 무엇을 갖기 위해 애쓰고 가진 뒤부터는 거기로부터 떠나기 위해 애쓰고
> 또 그 다음에는 돌아오기 위해 애쓰는 자.
> 이 소설을 쓰면서 그런 사람들에 대해 조금은 이해하게 된 것 같다.
> —『비밀과 거짓말』 '작가의 말' 중에서

앞으로 또 어떤 장소를 떠돌며 소설을 쓰게 될지 모르겠어요.
월요일과 화요일, 한중작가대회라는 행사에 참석하러 상경했더랬어요. 오늘 다시 원주로 내려갑니다.

중국 작가와의 환영 만찬이 친한 작가들과의 뒤풀이로 새벽까지 이어지는 바람에
아침 행사에 지각을 해버린 나의 첫 인사말이
지난밤 첫 만남의 즐거움이 과해서…… 작취미성입니다.
나, 중국분들에게 한자성어로 인사했어요.

twit

## 기분 좋은 이유

구름 멋진 날, 서울에서 브런치 먹고 강원도로 돌아왔다. 오랜만에 선명한 도시 풍경도 좋았지만 이곳…… 며칠 사이 무성한 초록으로 키가 자란 산들, 골짜기에 드리워진 구름 그림자 멋지다. 하늘과 구름에 가장 잘 어울리는 건, 역시 산.

종일 기분 좋다. 좋아하는 사람에게 줄 선물 샀다. 이제부터는 '소설가는 기분 좋을 때 소설 잘 쓴다'는 것만 보여주면 된다. 만세!

# 첫키스 장면 쓰는 날

새벽의 정적.
멍하니 앉은 채 막막한 기분일 때도 많아요.
하지만 몰입하기 시작하면 점점 시간이 흐르는 것도 느껴지지 않고
어느 순간 드디어 됐다, 싶어 허리를 펴고 돌아보면
등 뒤에 환히 새벽이 와 있는 거죠.
이제 책상에서 일어나 랩탑을 들고, 인터넷에 접속하러 가기 위해 신발을 신습니다. 원고 전송의 시간.

그런데 방문을 여는 순간
눈앞으로 달려드는 초록과 아침 숲의 신선한 냄새와 몸을 감싸는 상쾌하고 서늘한 공기…… 맛있다!

소년과 소녀의 첫키스 장면을 썼어요.
구상할 때부터 첫키스는 '탁자를 사이에, 소녀가 먼저'로 설정해놓고
얼마나 이 장면을 쓰고 싶었는지!
또 비오는 날로 구상해놓았기 때문에, 맑은 날 쓰게 되면 분위기가 안 잡힐까 걱정했는데
마침 비도 와주었답니다.

twit

# 한밤중에

바람이 섞인 빗소리 너무 좋아 잠들기 아깝다.

빨리 자야 한다. 날이 밝으면 한소식 올지도 몰라. 하지만 저 바람, 어쩌자고…… 왜 매번 이런 식일까. 고대하던 순간은 꼭 한 뼘 멀리에 있고 거기로 손을 뻗으려 애쓰다가 반드시 해찰을 하고 만다.

웃기는 대목에선 나 자신도 막 깔깔대며 쓰고 슬픈 건 막 찡그리고 쓰는데 키스 장면도 막 키스하면서 쓸…… 수 없구나.

twit

# 마감 못해 즐거운 밤

저 찬란과 햇살, 외면해야 해. 달맞이 밤 산행에 같이 가려면. 지금은 어서 일하자. 저 새소리들 무엄하도다, 감히 나를 밖으로 불러내려 하다니.

이곳 작가들, 각기 하나의 어플이다. 누구는 공자, 누구는 야구, 클래식 음악, 여행, 자동차, 술…… 한 개 정도는 전문가이고, 어플리케이션 가능. 오늘 밤은 생태 전문가의 날이었다. 나무, 꽃, 새소리, 별자리, 들리고 보이는 대로 뭐든 묻는 즉시 알려준다. 멋지다.

달빛 산행 마치고 막걸리. 그만 자리가 길어졌다. 한 줄도 안 써놓고 마감 6시간 전까지 마셔버린 건 처음. 자, 이제 내가 이 새로운 국면을 어떻게 컨트롤하는지 한번 지켜보자, 이 심상찮은 밤!

## 열린 것과 닫힌 것, 반대말이 아닐걸요

가끔 가까운 사람들로부터 전화를 받아요.

—급하다면서, 마감 잘하고 있는 거지?

—아니, 인터넷에서 놀고 있는뎅.

—어쩌려고 그래!

—하지만, 소설가는 기분 좋아야 소설 잘 쓴단 말야.

그렇잖아요. 우리 모두.



—그렇게 하니까 당일연재가 돼버린 거잖아. 어제도 술 마셨다면서?

—하지만, 소설가는 행복해야 소설 잘 쓴다구.

안 그래요? 콩밭 매는 일도 돈 세는 일도 그렇고, 억지로 앉아 있기만 하면 되나요?

풀 대신 콩을 다 솎아내버리거나 계산이 틀려 백만 원쯤 더 줘버린다면?

기분이 나빠 등장인물을 다 처형해버리기라도 하면

누가 대신 나와서 소설을 이끌어가냐구요. (완전 농담.)

어젯밤 이곳 작가들 모두 달맞이 야간 산행을 했어요.

소년이 주도하는 두 번째 키스 장면, 머릿속에 줄기가 미리 다 서 있긴 했지만

아직 한 줄도 쓰지 않은 채. 마음은 급하지만.

왜냐하면 즐거워야 소설을 잘 쓰니까.

그리고 실은요, 몸을 움직여 활기가 생기면 밤샘하기가 훨씬 수월하거든요. (다 소설을 위해서였다구? 정말?)

산 너머에서 달이 떠오르는 순간, 정말 '폭발'이라고 표현하고 싶더군요.
굉장했어요, 맑은 5월 밤 열나흘 달.
10시가 가까웠는데 푸르스름한 달빛으로만 산길을 걸었답니다.

그리고 수많은 새소리를 들었는데요.
작가 중에 전문가가 있어 벙어리뻐꾸기, 쏙독새, 흰배지빠귀, 검은턱멧새 등등의 새소리를 배웠답니다.
새의 삶이 간단치 않더군요.
새끼를 보살필 때만 빼고는 둥지 안에 들어가지 않는대요.
천적으로부터 자신을 보호하기 위해 이 가지 저 가지로 옮겨다니며 밤을 새운다고.
잠을 거의 안 자고, 정확한 수명도 알려지지 않았다고 해요.
소리로 암컷을 불러야 하기 때문에 평생 변별성 있는 멋진 발성의 기교를 연마해야 하고.

듣다보니 흥미로워서 공부해보고 싶어졌어요. 책도 소개받았답니다.
(못 가르쳐줌. 너무 유명한 책인데 모르고 있어서.)
그분이 내가 그동안 헷갈려하던 층층나무와 산딸나무의 구별도 해주었어요.
그리고 별자리도. 양자리, 처녀자리……
이 정도만 알아도 봄 별자리는 좀 안다고 할 수 있다며. (왕초보 취급.)

어쨌든 돌아와서 막걸리 모임이 벌어졌어요.
한 잔만 인사치레로, 하다가 넉 잔까지……
하지만 나, 거기 있는 모든 분의 첫키스 경험에 대해 들었어요.
성실히 취재에 협조해주신 작가분들 고맙습니다.
그러나 전에도 밝힌 적 있듯이 내 몸으로 느끼지 않은 디테일은 직접 쓰게 되지 않구요.
사람들이 첫키스에 대해 어떤 의미를 갖고 있는지는 조금 생각해봤지요.

열린 것과 닫힌 것은 반대말이 아니에요.
열린 것이 닫힌 것을 포용하니까요.
마찬가지로 노는 것과 일하는 것도 반대가 아닐걸요.
놀면서도 일할 수 있으니까요, 라고 주장해봅니다.
놀고 싶어요!

twit

## 작별 인사

매실 발그레하게 익기 시작했고 옥수수는 팔뚝만큼 올라왔고 감자꽃 피었고 봄꽃 진 자리에 아카시나무와 찔레향 요란하고 자귀나무 잎 나고 붓꽃 수선화 모란. 멀리 산골짜기 산벚꽃 대신에 눈 온 듯 새하얀 층층나무 꽃, 모내기 끝났고 나도 내일 떠나요.

내 생일 같아. 예쁜 상자 안에 특별한 과자가 한보따리! 아로마 초까지…… 그녀는 알까. 이 소포를 받기 위해 내가 이곳을 하루 늦게 떠나기로 한 것을.

안 써질 때는 어떻게 하시나요? 급한 원고라면 일단 자고 일어나 쓰구요, 아니면 술 마셔요. 잠을 자기 위해 또 일단 마시구요.— 그녀가 보내준 마카롱 너무 맛있어 자꾸 위스키를 부른다. 그 이름은 발베니.

첫키스 장면을 쓰려고 무려(!) 작가들을 취재했다. 내 쪽에서 당했다는 둥, 상대가 원해서 부담스러웠다는 둥, 안 좋은 기억이 더 많다는 둥 공인된 거짓말쟁이들. 하지만 모두 기억하고 있었다, 그들만의 첫키스!

시애틀
2010.05.31~

당신이 문득 그 별을 보게 된 거라고 생각하죠?
별이 당신을 발견하고 비춘 거예요

# 차 소리가 들리기 시작했다면 비로소 원고가 끝난 것

소설을 쓰는 동안, 어느 정도 그 작품의 분위기로 살게 되죠.
『그것은 꿈이었을까』에서는 애매하고 나른하고 몽환적인 걸 써보고 싶었어요.
근데 그 주인공의 정서로 지내다보니 살짝 가라앉고 지쳐서……
그 다음 바로 쓴 게 『마이너 리그』예요.
좀 재미있고 소란스러운 게 그립더라구요.
약간은 한심하지만 결코 미워할 수 없는 인간들에게 감정이입이 되어 키득거리며 썼지요.
다음 쓴 건 또 뭐였더라…… 킥킥대는 게 싱거워져 이제 좀 무게 잡는 걸 쓰지 않았을까.

『소년을 위로해줘』를 쓰는 요즘 내가 부분적으로, 그러나 많이 바뀌고 있어요.
호기심, 감각, 동선, 만나는 사람들…… 여러 가지 측면이 있지만
큰 줄기는 가벼움과 유연함이 아닌가 해요.
내 속에 있던 가벼움과 유연함이,
삼월 삼짇날 벽장에서 겨우내 묵었던 빨래 풀려나오듯 마구 풀려나오는 거죠, 얼쑤.
근데 며칠 전 깨달은 건데요.
가벼움과 유연함이 때로는 허술함이 되기도 하는 것 같아요.

실은, 내가 극복하고 싶었던 것 중에 지나친 치밀함이란 게 있었어요.
소설 쓸 때 너무나 짜맞추는 것 말예요.

그런 식이라면 머리 좋은 감독이란 말은 들을 수 있을지 모르지만 공감은 줄 수 없다.

오죽하면 『비밀과 거짓말』의 주인공을 묘사하며 이런 문장까지 썼을까요.

소설 속에 불필요한 복선이 많고 디테일이 지나치게 자세하며
또 그것들이 매끄럽게 딱 들어맞으면 답답함을 주지요.
마치 너무나 자상하고 섬세한 사람 앞에서
뭐든지 속을 들키는 것 같아 불편해 죽겠는 것처럼요.
치밀하게 짜맞춘 글, 그 성의와 꼼꼼함이 어쩐지 아마추어 냄새를 풍기기도 하고 말이죠.
좀 호방하고 활달한 글을 쓰고 싶었어요.
그러니 『소년을 위로해줘』를 쓰면서는 문법도 그렇고 형식도 그렇고
틀을 약간 벗어나서 기분 좋았거든요. (전에는 대개 기승전결로 나누어 매수를 분배하면서 썼어요.)
그런데……

유연함이 그만 방심이 되었나요…… 최근 결정적으로 틀리게 쓴 부분이 있답니다.
앞에 설정해둔 상황과 뒤에서 벌어지는 상황이 달라요.
명백한 나의 실수, 애써 찾아낼 건 없지만요.
만약 찾아내셨으면 모른 척하실 필요도 없어요.
물론 책으로 낼 때는 고치겠지만

일단 내가 그걸 어떻게 살짝 눙치며 지나가는지 보실 수 있겠지요.

아, 이것도 실시간 상호소통 인터넷 연재의 의외성과 깜찍함이랄 수도 있겠네요.

어떻게 보느냐에 따라 다르다니까요.

그래서 소설가는 관점을 많이 만들어주어야 하는 거구요.

앗, 이런 실시간 뻔뻔스러움. 인터넷 연재의 신기술인가……

# 선거날이에요, 투표해야죠?

나는 산문을 잘 쓰지 않아요. 등단 15년이 됐지만 산문집이 없어요.
소설보다 쓰기 힘들거나 거의 비슷하게 힘들다면
굳이 소설 쓸 시간에 산문을 쓸 이유가 없지 않을까 하는 게 내 생각.
그리고, 소설은 작가가 허구라는 형식 뒤로 숨을 수 있지만
산문은 자신을 그대로 드러내야 하거든요. 좀 자신 없는 일이었어요.
『소년을 위로해줘』가 나를 바꾼 것 중 하나가 바로
산문에 대한 두려움을 줄여준 거랍니다.



아침에 원고를 보내고 편집자가 교정하는 사이 이 산문을 쓰거든요.
기분 좋은 피로와 이완 속에서.
그러다보니 짧은 글 안에도 여러 가지 복잡한 생각을 집어넣어서
쓰기도 읽기도 힘든 빽빽한 글을 만들곤 하는 습관이 조금 없어진 것 같아요.

청탁을 피해왔다고는 하지만 여러 가지 친분도 있고 입장도 있어
결국 쓰게 된 산문이 적지는 않아요.
그중에서 거절당한 글, 있을까요 없을까요.
두 번 있었어요.
한 번은 정말로 쓰기 싫었던 글이라서 그럴 줄 알았다 싶었구요.
두 번째는 일방적으로 '까인'(거칠어서 죄송) 글이랍니다.

책 한 권을 소개하고 거기 대해 내 느낌을 덧붙이는 〈문장배달〉이었는데, 말없이 빼셨더라구요.

바로 그 글, 『지금 내리실 역은 용산 참사역입니다』란 책 중

이윤엽 씨의 「용산에서 우리가 철거당하고 있다」에 덧붙였던 저의 글을 옮겨보겠습니다.

눈치챘겠지만, 분량을 맞추기 위해 조금씩 편집을 합니다. 그런데 이 글은 뺄 곳이 없네요. 오히려 소설가 황정은의 산문을 덧붙이고 싶습니다. '1인용 피켓을 만들어 주기로 했던 동생에게 그 자리에 같이 가자고 말하자 단번에 싫다, 는 대답이 돌아왔다. 그녀는 용산이 참혹하게 고립되어 있다는 점을 알며 그러한 상황이 잘못되었다는 것을 알지만 막상 그 자리에 가기는 무섭다고 말한다. 여름 내내 두려움에 땀을 흘렸다. 남일당을 향해 맥락도 없이 욕을 하거나 눈을 흘기며 지나가는 사람들은 전혀 무섭지 않았다. 진정 무서운 것은 그것이 거기 없는 듯 돌아보지 않는 사람들이며, 이곳에 나타나지 않는 사람들이었다.'

내일은 선거날이에요.

나는 대한민국 경기도민이랍니다.

투표해야죠?

twit

# 빗소리들

언제 거리가 저렇게 젖었지?

자명종 시계의 초침 소리인 줄 알았는데 빗소리였군.

젖은 길에 마찰을 일으키는 차바퀴 소리 이제야 크게 들린다.

원고가 마무리되고 있는 거지. 새벽 5시 40분.

# 딱하다구요? 부럽게 만들면 되죠!

조금 전에 마신 건 새벽 커피, 지금은 모닝 커피.
계속해서 물은 끓고 있고……

오후 비행기를 타야 하는 마음,
걱정이 되기보다 뭔지 모르게 애틋하고 간절하군요.
늘 그런 건 아녜요.
하지만 또 떠나게 되었어요.
이번에는 개인적 시간, 가족을 만나러 가요.
2주일이면 돌아온답니다. 가는 곳은 시애틀.

여행 중에 한 대선배께서 이런 말씀을 하셨어요.
"여행이란 게 말야. 온 세상 돌아다니면서 똥 누는 거더라고."
괜찮죠, 이 말씀.
전에 내가 시애틀에 머물 때, 엄마가 오셔서 두 달쯤 함께 지낸 적이 있어요.
엄마 역시 나처럼 돌아다니는 걸 좋아해서 여행을 많이 하셨는데 그땐 좀 각별했나봐요.
"한군데에서 살아보는 게 진짜 여행이구나. 그동안은 버스 타고 구경하고 밥 먹고 쇼핑하고 사진 찍고…… 영국이나 중국이나 선운사나 다 마찬가지더니, 지금은 진짜 여행하는 것 같다."

나도 이번 여행은 그냥 익숙한 곳에 머물며 일상적으로 해오던 일(연재!)을 하면서 남은 시간은 최대한 게으르게 지내보려고 해요.

이 여행을 계획할 때는 물론 그럴 생각은 아니었지요.

지금쯤이면 연재가 끝나 있을 줄 알았고, 일종의 '포상휴가'라서 화려한 계획이 많았거든요.

연례행사로 가족을 만나러 가서까지 당일연재를 한다고 하니
주변에서 다들 어휴, '어쩌다…… 어떡해……'라는 반응.

처음엔 나도 좀 우울했어요.
일껏 비행기 타고 미국 가서 친척집에 틀어박혀
한국에서도 볼 수 있는 〈심슨 가족〉만 보고 돌아왔다던 누군가가 생각났구요.
친척이 그러더래요. 너 만화영화 비싸게 본다……?
하지만요. 괜찮을 것 같아요, 빈둥대는 것.
한국에서의 나는 좀처럼 해보지 못하는 일이거든요.
여행이란 꼭 구경하고 돌아다니고 사진 찍고 그런 것만이 아니라
한군데 살아보라는 거라잖아요. 엄마 말씀이.
대선배의 명언대로, 똥 누는 것을 포함해서.

그거예요. 밤새 원고 쓰고 나서 한잠 자고,
그러고는 슬리퍼를 끌고 나가 그곳 대학가를 어슬렁거리는 거예요.
아무 데나 들어가 밥도 사먹고 카페에 앉아 책도 보고
지역 브루어리의 맛있는 생맥주도 한잔씩 마셔가면서.

오히려 부러움을 사는 국면으로 바뀌어버리지 않나요?

# 호수와 설산과 체리꽃 피는 언덕의 도시로

소설을 읽다가 노트에 한 문장을 적어놓았군요.

> 우리가 나쁜 사랑에 집착하는 것은 그것이 절정에서부터 시작하기 때문이다.
>
> —카슨 매컬러스

귀퉁이에 끼적인 나의 메모도 눈에 들어와요.
'사랑하는 행위는 실패할 줄 알면서도 자신을 던져보는 일.
그리하여 결국 실패에 닿게 된다.
바로 그 점에서 어떤 사랑이든 사랑은 매우 윤리적인 행위이다.'
'사랑을 경험함으로써 우리는 인간 존재와 삶의 한계를 함께 깨친다.
바로 그 점에서 사랑은 존재와 삶, 우주에 대한 간접경험이다.'
음…… 다음에 쓸 단편에 넣으려고 적어놓은 글귀네요.

요즘 나는 소년의 풋사랑에 완전 감정이입돼 있잖아요.
하지만 위의 문장 같은, 약간은 지치고 흘러가버린 듯한 사랑의 감정이 내 머릿속 한켠에 있어 『소년을 위로해줘』가 지나치게 청춘물로 흘러가지 않도록 경계하게 하는 것 같아요.

이제부터는 호수와 설산과 체리꽃 피는 언덕의 도시에서 전해드릴게요. 지금 책상에서 일어납니다.

twit

# 다정하고 작은

뭔가 쓰고 있으면 그게 당분간은 삶의 태도가 된다. 건조한 이야기를 쓰고 있으면 내 몸이 강팍한 마른 가지처럼 부러질 것 같고 그만 산불에나 휩쓸려버리고 싶다. 다정하고 작은 이야기를 오래 쓰다보니 악의가 해소되지 않아 자꾸 유치해진다. 균형 잡기.

twit

## 이소룡 무덤을 찾지 못하다

캐피탈 힐—가로수들의 언덕, 비에 젖은 골목, 화방과 서점, 오래된 작은 카페들, 거리의 커피 냄새, 멋진 이방인들, 브루어리 생맥주, 창가의 불빛, 낯선 밤…… 내가 원하던 거의 모든 게 있다. 그러나, 거의……

이 도시와의 10년 인연, 이번이 마지막일 것 같다. 한 번 더 가보고 싶은 곳을 떠올려본다. 비오는 날의 동물원, 지미 헨드릭스 기념관, 밤의 알카이 비치, 내가 달렸던 호숫가 공원길.

근처 공원을 걷다가 언젠가 가봤던 브루스 리의 무덤에 가보기로 했다. 이 도시의 주립대에서 철학을 전공했던 그. 호수가 보이는 언덕 위 묘지에 아들과 나란히 묻혀 있다. 중국인 여성 팬들과 함께 몇 바퀴나 돌았지만 못 찾았다. 붉은 대리석 비석—기억을 믿을 수 없다.

다양한 사람들이 사는 곳. 아니 모든 인간이 가진 개인성을 다양함으로 받아들이고 존중하고 그리고 배려하는 사회는 규칙이 많고 복잡할 수밖에 없다. 받아들이자, 버스 타기의 복잡함. 구간별 시간대별 요금이 다른 건 물론, 환승구간과 시간에 따라 공짜이기도 하고 아니기도 하고, 타고 내리는 문까지 달라진다.

# 빌 게이츠도 만났겠네?
# 그럼! 밥도 같이 먹었는데

길모퉁이의 카페에서 이 글을 쓰고 있어요.

분위기 있는 이 카페는 거리의 이름을 땄구요.

간판에 Inspired by Starbucks라고 적혀 있네요.

스타벅스가 대중적 체인의 이미지를 벗고 빈티지 카페처럼 보이려고 만든 또 다른 체인이래요.

마치 오래된 동네의 멋진 카페가 스타벅스에서 영감을 받아 만들어진 것처럼.

이곳에 오니 이런 식의 일종의 '현장감 있는' 이야기를 듣게 되는데요.

기부 잘하기로 널리 알려진 빌 게이츠,

사회 서비스 이미지를 구축하면서 실은 세금은 잘 안 내려고 한다는군요.

다른 주에 가서 사업을 벌이는 등의 편법을 쓰기도 한다구요.

그게 미국 시스템의 한 단면이라나.

반면 유럽 부자들이 기부를 안 하는 건 세금으로 충분히 뺏기기(?) 때문……

내가 이 도시에 다녀갈 때마다 주변 사람들이 하던 농담이 생각나요.

— 시애틀 갔으면 빌 게이츠도 만났겠네?

내 대답은, 그럼, 밥도 같이 먹었는데!

언젠가 이곳 대학가의 중국 식당에서 친구와 밥을 먹다가 빌 게이츠가 아내와 함께 들어오는 걸 본 적 있어요.
나와 등을 맞댄 자리에 와서 앉더라구요.
나와 같은 닭고기를 주문했고. 그리고……
같이 밥 먹었죠!

어제는 대학가 극장에 가서 그래피티에 관련된 영화를 봤어요.
그래피티…… 소설 때문에 공부 좀 해야 하거든요.
그리고 오늘 새벽에 일어나 등장인물의 조기유학 얘기를 썼어요.
이곳에 오면 더 생각이 잘 날 것 같아 순서를 이쯤으로 잡아뒀었어요.

비가 많이 오는 도시.
자살률도 가장 높지만 독서율도 최고랍니다.
삶의 양쪽 날을 생각해보게 되는 흐린 날이네요.

twit

# 그런 사람, 꼭 있다

그래피티 아티스트 뱅크시가 제작한 다큐멘터리 〈Exit through the Gift Shop〉을 봤다. 소곤소곤 옆자리의 설명을 들어가며. 내가 헌신한 예술이 내가 인정하지 않는 방식으로 대중화될 때, 어떤 태도를 취해야 할까.

경제가 어려워지면서 이민자에 대한 규제가 심해진다는 말을 들었다. 자신이 불행할 때 가장 힘없는 자에게 권력을 행사하는 것, 폭력적이 되는 무능한 가장을 연상시킨다.

팔레스타인 폭력에 반대하는 집회에 갔었다. This is what democracy looks like! 멋진 구호다. 행렬의 뒤에는 시오니즘 깃발을 든 사람이 반대 구호를 외치고 있었다. 그런 사람 꼭 있다.

흐린 일요일 오후 4시. 길모퉁이 동네 찻집의 모든 자리에 젊은이들이 노트북을 펴놓고 앉아 있다. 세어보니 서른두 명. 혼자 온 사람이 많고, 드문드문 말소리 나직하다. 실내를 채운 건 커피향과 에스프레소 기계 소리뿐. 아침 6시에 열었다. 다들 부지런하고 또 달리 할 일이 없는 건지, 아니면 저런 식으로 바쁜 건지…… 이방인의 서툰 눈.

# 나는 여기에서 이렇게 잘 있어요

창턱에 떨어진 유순하고 환한 햇살. 블라인드 위로 나무 그림자가 흔들리는 걸 보니 바람이 약간 있군요. 위층에 누가 사는지? 이따금 마룻장 밟는 발소리가 나요. 목조건물이 많은 나라라서 방음 때문에 다들 카펫을 깔고 사는 걸까. 문득 그런 생각이 들면서, 내 머리 위의 저이는 지금 어떤 차림으로 뭘 하는 중일지 상상해봐요.

동네 커피집에 갔을 때 맛있는 커피가 싸구나 흐뭇했고, 카페에 앉아 이렇게나 맛있는 로컬 생맥주, 가격 부담도 없네 감동했는데 슈퍼마켓에서 와인 가격을 보고는 거의 흥분 상태. 술꾼에게는 복지국가! 하지만 술 파는 시간은 정해져 있어요. 그것도 주에 따라서 다르더라구요. 밤 10시 이후에 안 파는 주도 있고(10시까지 마셨으면 됐네, 이 사람아!) 오전에 안 파는 주도 있고(아직 안 깼으면서 또 마시려구?) 주일에 안 파는 주도 있어요. (음, 이건…… 하루라도, 창조주뿐 아니라 간도 좀 쉬자?) 미국 여행을 하면서 불편했던 적이 여러 번 있었죠. 미리 챙겨서 사놓아야 하는 건 물론이었지만, 시간이 지나버린 경우 밤늦게 다른 주로 넘어가 술을 마시기도 했거든요. 술꾼의 진정한 복지국가라면 역시 24시간 술을 살 수 있는 나라, 나의 조국?

공원 같은 공공장소에서는 술을 마시지 못해요. 이래저래 규제가 많은 나라잖아요. (병을 종이로 싸서 감추면 괜찮은 건 또 뭔지……) 영화 〈리

빙 라스베가스〉에서 니콜라스 케이지가 운전하며 경찰의 눈을 피해 술 마시던 장면 기억하시죠? 마시는 건 말할 것도 없지만 자동차 안에 뚜껑을 딴 술병만 있어도 불법이랍니다.

규제가 많은 것, 좋게 보자면 다양한 사람들이 섞여 사는 이민의 나라이기 때문에 필요하겠지요. 너무나 다른 사람들이 함께 살자면 불만이 많을 수밖에 없고, 그 불만을 최소화하려면 규칙과 규제가 많아질 수밖에요. 사회의 우선 가치는 물론 공정함fair이고 말이죠. (걸핏하면 소송, 그러니 변호사가 그리도 많고……)

다양한 문화를 수용하는 방식을 두 가지로 나누는 비유가 있잖아요. 하나는 멜팅 팟melting pot 방식, 또 하나는 샐러드 볼salad bowl 방식. 여러 가지가 한데 녹아 한 가지 음식이 되는 것과, 그리고 섞여 있긴 하지만 각기 재료의 맛을 유지하는 것, 이 둘은 큰 차이가 있죠. 미국 사회를 샐러드 볼에 비유한다는데…… 그럴까요? 그냥 샐러드가 아니라, 각종 재료 위에다 하얀 랜치 드레싱을 부어서 덮어버린 샐러드에 비유하기도 한대요. 결국 주류는 백인 문화라는 거죠. 흠.

이 나라에 오면 나는 좀 진지해지는 것 같아요. 곰곰이 생각해봤는데, 여행자로서가 아니라 거주자로 지냈기 때문이 아닌가 싶어요. 워싱턴 주립대의 비지팅 스칼라로 와서 가족과 함께 2년 동안 머물렀거든요. 끼어 살기 위해서는 뭐든 공부하고 배워야 했어요. 그것도 언어와 문화에 익숙하지 않은 마이너 신분……

하지만 지금 나는 여행자이고 돈을 지불하는 고객이니 마이너 신분은 아니죠! 공부하는 태도는 버리고, 여행자로서 좀 즐겨야겠어요. 특히 저 햇빛! 게다가 이곳은 언덕 위 동네라서 멀리 시가지와 푸른 바다와 만년설로 덮인 산맥과 하늘이 보여요. 운전면허 시험에 언덕 주차가 있을 만큼 굴곡이 많은 도시. 그래서 특히 풍경이 아름답고, 천국에 가면 원래 머물기로 했던 기간에서 이 도시에 살았던 날만큼 뺀다나요.

나 지금 얇은 후디를 걸치고 '쪼리'를 끌고 거리로 나갑니다. 바로 옆의 극장에서는 시애틀 국제 영화제가 열리고 있고 그 다음 길을 따라가면 카페와 책방과 화방이, 그 너머 거리에는 미술관과 공원과 묘지가 있답니다. 나는 여기에서 이렇게 잘 있어요!

twit

## 애매하거나 유치한

이 새벽. 네가 깨어 있다는 사실이 나를 깨운다.

어리석어서 유치한 문장이 있고 장황해서 유치해진 문장도 있다. 너무 당연한 걸 굳이 글로 옮겨놓아도 유치하다. 눈 뜨자마자 으앗! 불안해져서 통화기록과 문자를 확인하는 술이 덜 깬 아침…… 애매한 문장도 유치한 거군.

twit

## 캐피털 힐의 길모퉁이 카페에서

커피 주문하는 방법 :

1. 콩을 고르세요.

2. brew 방법을 고르세요. 드립하는 것, french press, 우리 가게만의 방식.

나의 선택은 포도주.

오늘도 길모퉁이 카페의 창가 자리. 원고 보낸 뒤 와인 마시며 아무 생각 없이 햇빛을 본다. 순진하고 환한 햇살, 바람은 끄트머리 나뭇잎만 건드리고, 길 가다 멈춰선 저 연인들, 물론 키스한다.

좋아하는 사람이 생기면 사물을 두 번 보게 된다. 한 번은 내 눈으로, 또 한 번은 그 사람의 눈으로. 내 관점과 감각이 두 겹이 되는 게 아니라 두 개의 관점과 취향이 점점 가까워진다. 하지만 애쓸 필요는 없다. 그냥 두 개인 채로 가도 괜찮다.

당신이 문득 그 별을 보게 된 거라고 생각하죠? 별이 당신을 발견하고 비춘 거예요.

# 나의 음주견문록

이곳에서는 보통 오전에 원고를 써요.
유학생의 좁은 스튜디오에서, 가족들을 다 밖으로 쫓아낸 뒤……
그러고는 오후에 인터넷이 잘되는 카페에 나와 원고를 보내고
느긋하게 커피를 마시는 거죠.
어제는 기분도 괜찮고…… 와인을 한잔 마셨어요.
기분 좋은 김에 많이 써두려 했건만…… 와인이 이어져버렸구요.



오늘 원고가 많이 늦었답니다.
오늘따라 '그분'이 늦게 오셨고, 시동 안 걸려서 아주 애를 먹었어요.
이 세상에 어려운 일 중 하나가 '일일연재작가가 하루에 2회분 쓰는 것'이라는 깨달음!

내 주량이 '취할 때까지'인데, 깨어나보면 그때가 언제였는지 모르겠더라는.
그래서 주량을 다시 측정해야겠다는(어떤 잣대로?) 진지한 결심을 했다네요.

술자리에서 단어를 하나 배웠어요. DD라고 아시는지요?
Designated driver를 줄여 부르는 말인데,
일행 중에서 혼자 술 안 마시고 있다가 운전을 하는 사람이래요.

오, 이롭고도 착한 존재.

모스크바에 가니 술집 앞에 차의 행렬이 길게 늘어서 있고
늦은 시각 술 좀 마신 손님들이 줄줄이 나가 아무렇지도 않게 운전석에 앉더군요.
독주에 단련된 나라라 그런가? 거긴 음주단속을 안 한대요.
나, 술에 관한 한, 견문이 좀 넓은걸요.
내일은 술 얘기 말고 다른 인사를 할게요.
그러니까, 음, 이곳에서 처음 본 그레이프프루트 향 페리에로 해장을 했다든가……
해장에 대한 견문이라면, 결국?

# 소설 속에 비가 내린다면

어젯밤에는 저녁 먹고 슬슬 걸어서 동네 클럽에 갔어요.
비가 조금씩 뿌리는데도 우산 쓴 사람이 거의 없더군요.
후드를 덮어쓰거나 아니면 아무렇지도 않게 그냥 걸어요.
나무가 많은 동네 길이라 그런지 상쾌했어요.
이런 오슬오슬한 날씨, 길가 찻집에서 풍겨나오는 커피 향기……
스타벅스가 이곳에서 시작될 만한 듯.

카페 많은 길로 접어드니 그곳 명물이라는 핫도그 노점도 있더군요.
카페나 클럽에서 놀고 한밤중이나 새벽 거리로 쏟아져나온 사람들은 왜, 배고프잖아요.
홍대 앞 떡볶이가 생각났어요.
외국 여행에서 돌아오자마자 그 떡볶이를 먹으러 인천공항에서 직행하는 후배 생각도.

클럽은 한산한 편. 화요일 공연이 가장 별로라고 하더군요.
엇? 저 소년은!
4인조 밴드의 드러머가 열 살쯤 되는 금발 소년이었어요.
드럼 스틱을 돌리면서 더벅머리 좀 흔들 줄 알더군요.
그 다음에 등장한 뮤지션은 연주하기 전 기나긴 자작시를 낭송하더니
연주곡도 무려 20분……

집으로 돌아오는 길에 레즈비언 바에 들렀어요.
자유롭고 즐거워 보였어요. 춤추고 마시고 떠들고 입맞추고.
그사이 빗줄기가 굵어져 있었고.
오늘 올린 소설 속에 비가 내리는데, 그거, 어제까지는 계획에 없던 일이었거든요.
왜였는지 알겠죠?
오늘은 무슨 일이 생길까, 그것도 내일 소설에 반영되겠죠?

'소설가의 현재 삶이 소설을 결정한다……'
작가의 말에 쓴 적이 있어요.
그래서 재미있게 살아서 재미있는 소설을 쓰고 싶다고.
어머, 어쩐지! 당일연재 소설가의 소설은 당일에 결정되는군요.
재미있게 지내고 재미있게 쓸게요.

한국은 본격적인 여름 날씨라죠?
흔히 chilly하다고 표현하는 이곳의 공기, 이 지면에 담아서 전해드릴게요.
창밖으로 버스가 느리게 지나가고 있어요.
자전거가 더 많이 보여요.

twit

## 지금 이 세계는 '전날의 섬'

내 폰 속의 세계 시각. 네 개의 시간이 흐르고 있다. 내가 있는 곳만 '오늘'이고 나머지는 '내일'이다. 내일 아침 섬에서 깨어난 그녀, 내일 새벽 서쪽나라에 잠들어 있는 그…… 한국의 친구들, 아시나요? 지금 모두, 나의 시간으로는 나는 내일 오전 10시에 트위터에 있는 거예요!

가시장미 침대에서 깨어난 나의 애인. 즈믄 곶 비껴 딛느라 이리도 더디신가……

영어 노래 가사에 제일 많이 나오는 말. 'tell me why'도 끼지 않을까. 우연히도 내가 들어본 두 아마추어의 자작곡에 똑같이 들어가 있었다. 그 가사가 들어가면 어쩐지 서툰 노래 같은 느낌이 든다. 미안.

금요일 밤 클럽에 놀러갔다가 알게 됐는데, 못 알아듣는 말도 시끄럽다. 어쩌면 더.

# 지금의 내 기분 아무에게도 말해주지 않을 거예요

오늘, 연재 100회예요!
지금의 내 기분 아무에게도 말해주지 않을 거예요.
이제 샤워하고 화장하고 숏팬츠에 킬힐 신고서
어디론가 놀러 나갈 거예요!

twit

## 아무리 반복해도 익숙해지지 않으며 친해지지도 않는 것

커피는 토하기 직전까지 마셨고, 3시간 동안 두 끼를 먹고도 또 냉장고 문을 연 채 서 있다는 건…… 2시간 뒤에 마감을 할 수 있을까, 하는 불안. 이 노릇을 어떻게 100번이나 했다는 거야.

전직 작가란 건 없다. 한번 쓰면 영원히 작가란 게 아니고 지금 안 쓰면 작가도 아니란 뜻. 첫눈에 반한 적도 없고 그리운 옛사랑도 없는 나는 이런 말 쉽게 알아듣는다.

마감 초치기를 하면서 딴짓할 때, 짧은 순간 놀라운 벡터의 이동!

twit

## 순정하고 무력한 나에게 왜

어제 산 헤드폰, 자꾸 지글거린다. 바꾸러 나가야 하나. 모처럼 마음에 드는 물건이 속썩일 때, 불만이라기보다 기운이 떨어진다. 마음의 방전…… 내가 원하는 것들, 순정하고 무력한 나에게 까다롭게 굴지 말아줘.

목감기에 좋은 허브 사탕을 여섯 종류나 사고, 새 신발 신을 때 뒤꿈치에 붙이는 밴드를 두 통이나 사고, 우드스톡 40주년 기념 노트를 종류별로 세 권 사고…… 너에 대한 기억, 어디에 있든 함께구나. 어쩌면 주지 못할 선물을 사는 마음.

자기가 아는 사소한 모든 것까지 일일이 남에게 알려주려는 사람이 있다. 아는 걸 다시 들어서 지겨운 게 아니다. 상대가 충분히 알고 있을 만한 것을 알려주려 드는 무신경하고 일방적인 태도, 잔소리 정신. 그것이 폭력보다는 서운함으로 느껴질 때…… 시간, 잔인하다.

## 사랑, 짧은 행복이 황홀해서
## 길고 긴 고통을 견뎌내는 일

연재를 시작할 때에 99회나 101회에서 끝내고 싶었어요.
100이라는 숫자는 완결성을 강요받는 것 같아서 의미를 두기 싫었고요.
101회를 시작하는 마음.
막상 닥치고 보니 단지, 102회를 잘 쓰자, 그런 마음이군요.
1 다음에 그냥 2가 오는 것뿐이었어요.

그런데, 의미를 두는 건 좋지만 거기에 구속받고 싶지는 않아요, 라고 말하다보니 은근히 짚이는 게 있네요.
혹시 오랜 시간 생일이나 기념일을 전혀 챙겨주지 않는 사람들 속에 살면서 감정을 단련해온 사람의 슬픈 자기 방어는 아닐까요.

격려해주신 대로 며칠 잘 놀았어요.
〈태양의 서커스〉를 드디어! 보았구요.
어쩌다 극장에서 두 번 이상 보게 되는 영화가 있잖아요(애인이 여럿이면!). 나는 뮤지컬 〈오페라의 유령〉을 서울과 뉴욕과 시애틀에서, 모두 세 번을 봤답니다.
하지만 〈태양의 서커스〉, 그 세 번과 안 바꿔요.
라이브 음악의 역동성과 미술적 감수성과 서사의 디자인,
무엇보다 인간의 의지와 집중력. 몇 순간 숨막힐 듯 아름다웠답니다.

주말에 이곳 날씨 환상적이었어요.

(겨울 내내 비가 뿌리고, 대신 여름 내내 환상적인 써니 데이!)

호수에서 카약이나 요트를 타고, 바닷가에서 선탠을 하고, 공원에서 바비큐를 하고, 트레킹을 하거나, 짙은 녹색 숲 사이로 보일락 말락 골프 치는 사람들…… 온 도시가 떠들썩하더군요.

근데 이 호수와 바다와 침엽수림, 이게 왜 특별히 멋지냐면, 그건 바로

어느 휴양지가 아니라 집 앞 동네란 점 때문이 아닐까요.

그 모든 일이 다운타운에서 30분 거리 안에서 일어나니……

나도 어제 해 질 무렵 다운타운의 한 식당에 갔답니다.

웨이트리스가 목에 턱받이 같은 걸 매주더니 탁자 위에 흰 종이를 깔아요.

그런 다음 함지에 든 커다란 게와 조개들과 옥수수와 감자를 좌악 부어주더군요.

팔뚝(?)만 한 게 다리를 개인 도마 위에 올려놓고 나무망치로 퍽!

쫄깃한 흰 살을 길게 뽑아내, 그리고 이 지역의 포터 생맥주와 함께.

하지만 이런 건 짧은 행복이구요.

원고를 쓰는 시간은 너무나 길죠.

인내는 쓰다, 그러나 그 열매는 달다.

여기에 또 하나의 진실을 덧붙이자면

인내의 시간은 길고 열매를 맛보는 시간은 짧다.

사랑, 짧은 행복이 너무 황홀해서 길고 긴 고통을 견뎌내는 일.

twit

# 딱 두 번만 기쁜 이유

이 도시가, 자기 보트를 가진 사람이 가장 많은 곳이라고 들었다. 주말에 배를 매달고 떠나는 차를 보면 부자구나 생각했는데, 진짜 부자의 배는 정박소에 주차(?)돼 있다고. 보트라는 물건, 관리하는 데 돈이 많이 들기 때문에 살 때와 팔 때 두 번만 기쁘다고 농담한다. 손자들이란 올 때와 갈 때 딱 두 번 예쁘다는 할머니들의 농담도 있지.

# '스타벅스'라는 사내

스타벅스 커피 1호점이 시내 부둣가에 있어요.
배 타기 전 어부들이 커피 한잔씩 하는 집이었나봐요.
처음엔 멜빌의 『모비 딕』을 따서 'Moby's Coffee'로 지으려고 했다는군요.
(딕은 속어로 남성의 신체부위를 가리키는 말. 〈딕 앤 제인〉이란 노래도 오해받았었잖아요.)
아무튼…… 근데 모비가 고래라서 어부들이 그 이름을 좋아하지 않았나봐요. 나는 기억 안 나는데, 『모비 딕』에 스타벅스라는 이름의, 커피 좋아하는 남자가 나온다고 하네요.
그 이름을 따서 스타벅스. 벅스에도 남자라는 의미가 좀 들어 있구요.

일요일은 반값이라는 와인 바에 놀러 갔어요.
사다리가 놓인 천장까지 닿는 책장, 외국 영화에서 가끔 보잖아요.
그런 책장에 빽빽이 꽂힌 것이 책이 아니라 와인 병이라면……
그 집이 바로 그렇더라구요. 좀 싱겁다고 생각했던 브리 치즈를 얇은 크레페 같은 걸로 감싸서 오븐에 구워 작은 포도와 같이 먹으니, 음…… 피노 누아 와인과 어울리더라는!

참, 기념품 상점에 들렀다가 티셔츠들을 봤는데요.
전에는 〈시애틀의 잠 못 이루는 밤〉 티셔츠만 있었는데
〈그레이 아나토미〉 의사복과 〈트와일라잇〉 티셔츠도 보이더군요.

이곳에서 촬영한 영화와 드라마니까. 하긴 샌프란시스코에 갔더니
악명 높은 섬 감옥 앨커트래즈의 지명이 박힌 죄수복도 팔던걸요.

음식점에 가면 음식 얘기를 하게 되고
산에 가면 등산과 여가와 건강에 대한 화제가 이어지고
여행을 가면 자연스럽게 다른 여행지가 떠올라요.

내게 상처 주었던 사람, 그가 같은 일을 반복하면
아물었던 자리가 다시 터지는 것도 비슷한 걸까요.
그래서 한번 상처 주었던 사람과는
적어도 그 일에 관한 한, 관계가 회복되기 어려운 걸까요?
그럴지도…… 때린 데 또 때리면 많이 아플 테니까요.



서로 상처 준 적 없는 관계,
사람의 일인데 이런 건 성립되기 어려울 것 같구요.
그 상처를 어느 한쪽이 일방적으로 많이 갖고 있다면
상처 입힌 쪽에서 빚을 갚아야 관계가 회복되는 거 아닐까요.
헌신이나 관용도 모두 빚이죠. 공짜는 아니에요.
그리고, 빚진 게 없이 당당해야 사랑도 자발적이 되는 거 아니겠어요?

아니지. 자기 방식대로 갚아주려다가는 오히려 오해가 생길지도 몰라요.
'잘해주려고 그러는 건데 대체 너는 왜?'
'그런 식으로 잘해주는 거 싫대두!'
……이럴지도. 휴, 어려워.

NICE
SHE

# 상상의 분량

소설이 착안될 때는 어떤 장소가 결정적으로 중요한 역할을 해요.
하지만 소설을 쓰는 동안에 그 장소를 다시 가는 것, 피하게 되죠.
그 장소의 인상과 해석이 달라지면 소설이 혼란에 빠질 수 있으니까.
특히 나처럼 변덕이 심한 사람,
지금 보니까 아닌데 괜히 썼어 괜히 썼어, 이러면 어떡해요.
물론, 그럴 리는 없겠지만.
(구상하는 소설은 많지만 그게 다 소설이 되는 건 아니구요, 실제로 쓰기 시작했다는 것만 해도 웬만한 확신 없이는 안 되는 일이니까요.)

실은 쓸 게 너무 많아져버릴까봐 '현장'을 피하는 건지도 모르겠어요.
취재 내용을 너무 많이 담으려다보면 소설이 모양이 안 나거든요.
소설은 실제 있었던 일이 아니라 있을 수 있는 일, 즉 허구라죠.
'팩트'보다 작가의 상상이 더 많아야 때깔이 나는 것 아닐까요.

twit

## 나의 밑천은 변덕

오늘 여행 떠난다. 원고를 미리 써서 보내놓아야 한다. 내가 좋아하는 온대우림! 그리고 해변에 가서 선탠하려 했는데…… 눈 떠보니 차바퀴가 물을 차는 소리. 비가 오시네.

강원도의 새는 아침 5시부터 울었는데 여기 새는 4시부터…… 미국은 새도 서머타임제 엄수? 새 소리 어플을 찾다가 외국 새 소리만 실컷 들었던 기억이 난다.

나의 밑천은 변덕. 나의 힘은 혼자 타올랐다 적당한 때 시드는 자의적인 균형감각. 달리는 나, 눈앞에는 새로운 풍경이 다가오고 뒤에 남겨진 것들은 내 안에 쌓여 거름이 되지, 라고 말하고 싶어진다.

# 모두들, 누디 정신!
# 부드럽게 벗으면서 넘어가기로 해요

누디 청바지를 샀어요.
워싱이 안 된 채로 출고되는 바지.
내가 입는 대로, 그 구김과 바램과 쏠림과 닳음을 그대로 담는다죠.
그러니까 나의 생활습관 속에 들어 있는 아이덴티티가 바지에 옮겨져 표현되는 거라나요.
당연히, 세탁을 안 할수록 그 아이덴티티는 오래 보존되는 거구요.
(착하기도 하지.)



세 가지 이유에서 그 옷을 샀어요.
하나는 작업복 용도로. 원고 쓸 때 나의 습관이 어떤 식으로 표출될까, 궁금하고 재미있을 것 같아서……
둘은, 안 빨수록 칭찬받는 옷. 무척 호감이 가서……
셋은, 가장 중요한 이유인데, 바지에 자기 정체가 담기는 과정을 소설 속에 써보려고……

되도록 많이 입어야 한대요.
내 생활습관을 많이 담으려면, 물론 잘 때도.
어제 저녁에 사서 입고 잤어요.
새벽 2시에 일어나 오전 11시까지 원고를 썼는데요. 그때도 내내 입고 있었지요.

그동안 손을 네 번쯤 씻었나요. 씻을 때마다 푸른 물이 나와요.
원고만 썼을 뿐인데…… 나도 모르게 바지를 만졌다는 거죠?
호, 재미있네. 들통나는 습관들.
트위터에 올렸더니 Y시인의 답글이 붙었어요.

나 : 손을 씻을 때마다 비누거품이 푸른색이다. 누디 청바지, 네가 벗는 모든 청색을 너와 닿는 것들에게 옮겨 입히는구나. 벗는다는 것의 정체, 그것이었어!
Y시인 : '벗는다는 것의 정체'는 온갖 것에 '자기 물'을 들여 자기는 물을 계속 빼는 것. 하하, 신기하네요. 덕분에 새로운 개념 정리! ^^

내가 벗는 건 남에게 입혀진다? 혹은 내가 벗어도 남이 입고 있다?
내가 벗을수록 남이 입는다?
암튼, 누디 정신!
다들, 오늘도 부드럽게 벗으면서 넘어가기로 해요.

twit

# 여행 속의 짧은 여행

초승달 호수에 갔다. 차 안에 퍼지는 존 레넌의 노래. '그 사람들, 네가 똑똑하면 싫어하고, 네가 멍청하면 경멸한다.' 계급과 차별에 대해 분노하는 언어도 이쯤 되면.

영화 〈트와일라잇〉을 촬영했던 도시에 갔다. 마을 전체가 기념품 상점이 되었다. 주인공을 비롯해 배우와 감독을 기념하는 갖가지 물건 중에…… 작가를 기념하는 팔찌가 있길래 샀다. 사실은 쇼킹 핑크가 마음에 들었음.

하루 종일 운전해야만 한다면 당연히 이곳. 언덕이 반복되면서…… 곧은 길일 때는 속도를 장악하는 재미가 있고, 구부러진 길이 이어질 때는 다른 차가 없어 율동하듯 궤도를 누빈다. '레인 포레스트'의 멋진 풍경이 지칠 만하면 바다로 바뀌구요. 눈을 들면 언제나 설산!

해발 2천 미터쯤의 능선. 눈을 뭉쳐보았다. 여전히 차갑네? 언제 내렸는지 모를 눈인데 안 '식었다'. 노루를 보고 좋아라 뛰어가던 꼬마, 노루가 오줌을 누기 시작하자 당황하여 입을 떡 벌리고 멈춰 선다. 귀여워라, 그게 책에서 보는 노루와 다른 점이란다. 하긴 오줌이 1갤런은 될 듯.

어떡하죠. 그대를 사랑한다는 말이 어색해졌어요. 아침 2시. 2AM처럼.

## 또, 다시, 작업실
2010.06.20~

실제 있었던 일을
소설 속에 그대로 옮겨놓으면
다른 건 컬러이고 그것만 흑백인 것처럼
이상해 보여요

twit

# 반갑다, 내 그리움들

브런치 카페에 들렀다가 몇 시간 뒤 비행기 탄다. 올 때보다 가방이 무거워진 건 그렇다 치고, 근데 왜 체중까지? 수많은 나의 호기심 중 가장 확실하게 뭔가 남기는 것, 그건 음식에 대한 호기심.

원한다는 건 가능하다는 것이다, 이런 외국 속담을 소설에 써먹은 적 있다. 하지만 낙관적이지도 적극적이지도 못한 나는 가능해지면 그제서야 원하게 된다. 멀어졌을 때보다 돌아온 순간에, 막연했던 내 그리움 실감으로 변한다. 마중 나와주어 반갑다, 내 그리움들.

twit

## 고독은 혼자 해결햇!

오래 집을 비웠다 돌아오면 가스레인지 불이 켜지지 않는다. 앗, 끊겼나? 매번 놀라고, 다음 순간 태연히 얼굴을 내미는 불꽃. 뭐니, 이 앙탈은! 엄마 말씀하시길, 여자와 집은 가꾸기에 달렸다고. 그 말 들은 거야? 관심 가져달라고? 고독은 혼자 해결해! 매력적인 여자들처럼.

왜 그런지 같은 장소로 돌아오면 전의 그 사람이 되고 만다. 새벽 3시가 넘었는데 한 줄 안 쓰고 창밖만…… 동창회 간 적 있는데 내가 여고 때와 똑같은 사람이 되던 기억. 위축되고 불안하고 쓸데없이 진지하고…… 돌아가고 싶지 않은 시절이라 동창회에 다시 안 간다. 미안.

아무리 더운 날이라도 뜨거운 커피만 마시는데, 이제 보니 꽤 땀나는 일이었잖아. 몇 번밖에 안 마셔본 그 집의 더치커피 생각 간절. 그리고 예쁜 병에 든 더치커피가 와인 선물인 줄 알고 아꼈다는 너의 생각. 그래 참, 창문을 여는 방법이 있었구나!

twit

# 간절하되, 구차하지 않기

나처럼 간절한 사람도 구차하지 않을 수 있고, 나같이 쉽게 포기하는 사람도 누릴 수 있게 해주는 너의 농담. 원하는 건 뭐든지? 원하는 건 뭐든지!!

1년에 한 번씩 만나 며칠을 함께 보내고 헤어져 다시 1년을 기다리는 연인들의 소설에 대해 그녀가 일갈했다. 말도 안 돼. 1년에 한 번 만나면서 다음에 또 만나고 싶은 열정이 어디에서 생겨나? 그녀가 옳다. 지금 그곳에서 그녀답게 뜨거웁기를.

또다시 그 시각, 책상 앞에 앉기 전. 에어컨 바람을 싫어하는 나는 현관문과 창문을 열어놓는다. 나중에 집 보러 오는 사람에게 말하려 했는데. 이 집의 단점요? 고층이라 빗소리가 잘 안 들려요. 근데 바꿔야지. 좋은 점도 있어요. 고층이지만 축구 응원 소리 잘 들려요. 밤샘하기 조아여.

# 끄덕끄덕 힙합

가까운 사람 가운데 음악에 조예가 깊은 사람이 있어요.
그와 힙합에 대해서 많은 얘기를 나누었지요.
그리고 그 내용을 메모하다가 내가 문득,
그냥 이러이러한 내용으로 당신이 정리해줘, 라고 부탁했답니다.
그것이 『소년을 위로해줘』에 있는 재욱의 힙합칼럼이에요.
너무 길어서 소설 안에는 일부만 썼지만
여기에 전문을 소개해보고 싶어요.
마지막 챕터의 내용은 완전히 바꿔 썼지만요.

〈아버지, 힙합 좀 듣자니까요〉

1

1990년대에 10대 후반을 보낸 나는 한동안 서태지에 열광했다. 클래식과 올드팝 마니아였던 아버지는 그게 영 못마땅한 모양이었다. 저게 무슨 음악이냐는 투였다. 내가 모르는 것을 이해하려 하기보다는 일단 배척부터 하고 보는 것이 인간의 속성이니까 멜로디도 없이 그 많은 가사를 속사포처럼 쏟아내는 '아이들의 음악'을 아버지가 좋아하지 않는 것은 당연한 일이었는지 모른다.

하지만 어쩌다 휴일 저녁에, 가족끼리 고기를 구워먹고 난 뒤 단란한 노래방에서 내가 어설프게나마 랩을 흉내낼 때면 아버지는 그놈 참 신통하다는 표정을 지어 보이곤 했다. 그러다가 '오, 그대여 가지 마세요' 하는 대목에 이르면 소리는 내지 않고 입을 오물거리며 속으로 따라 부르는 아버지의 모습을 나는 마이크를 잡고 곁눈질로 훔쳐보았다. 그때 느낀 것이 있다. 아버지는 서태지 음악이 싫은 것이 아니라, 랩에 거부반응을 일으킨다는 것을.

2

인간은 아름다운 멜로디를 좋아한다. 나는 어릴 적부터 아버지가 틀어놓은 음악을 듣기 싫어도 들을 수밖에 없었다. 그런데 유난히 참을 수 없던 것이 오페라였다. 특히 모차르트 같은 고전주의 시대의 오페라는 차라리 고문에 가까웠다.

오페라는 스토리를 이어나가기 위해 연극처럼 대사를 주고받는 레치타티보와 아름다운 선율을 가진 노래, 즉 아리아 두 부분으로 구성된다. 그런데 뭔지도 모를 소리를 한참 동안이나 읊어대는 레치타티보가 끝나고 겨우 아리아가 등장하는가 싶으면 또다시 주저리주저리 레치타티보가 이어진다. 그러니 오페라가 재미있을 리 없다.

한 편의 오페라에 들어 있는 아리아는 기껏해야 스무 곡 가량이다. 그마저도 내 귀에 친숙하게 다가오는 선율은 기껏해야 다섯 손가락 안에 꼽힐 정도였다. 그걸 듣자고 아버지는 무려 두 시간 넘게 소파에 기댄 채 소음 같은 소리들을 끈질기게 견뎌냈다. 평소에 나의 실수는 좀처럼 참지 못하고 벌컥 화부터 내는 사람이라고는 도저히 상상할 수 없었다.

아무튼 그 같은 반복 학습의 결과인지, 나 역시 은연중에 아버지를 닮아 '선율 없이 음악 없다'는 고정관념에 빠지고 말았다. 힙합을 접하기 전까지의 일이다. 힙합을 듣기 시작하면서 아버지와 나는 세대 간의 단절을 실감하기 시작했다.

두 시간이 넘는 지겨운 오페라를 즐겨 듣던 아버지가 불과 5분짜리 힙합과 끝내 친해지지 못한 이유는 무엇일까? 아버지는 선율이 없는 음악을 받아들일 수 없었고, 나는 '선율 없이 음악 없다'는 생각을 버리기 시작했다. 게다가 나는 아버지가 싫어하는 것이라면 기를 쓰고 덤벼드는 사춘기였다.

3

대중적으로 성공한 힙합 곡들 중에는 피처링의 덕을 본 곡들이 여럿 있다. 한 예로 다이내믹 듀오의 〈Ring My Bell〉이 그렇다. 이 곡에 피처링된 〈링 마이 벨Ring My Bell〉은 1979년에 흑인 여가수 애니타 워드Anita Ward가 처음 발표해 세계적인 히트를 기록했다. 그만큼 누구나의 귀를 만족시키는 멜로디라는 뜻이다. 오페라로 친다면 최고의 아리아 중 하나로 손꼽힐 만하다.

오페라의 레치타티보를 랩 부분이라고 하고, 아리아를 피처링한 멜로디라고 대입할 수 있다면 힙합과 오페라는 형식면에서 닮아 보인다. 물론 힙합과 오페라는 절대로 비슷하지 않다. 극단적으로 말해 오페라에서 레치타티보는 아리아, 그러니까 아름다운 멜로디를 위해 존재한다. 그러나 힙합에서는 랩 그 자체가 음악의 존재 이유가 된다. 멜로디 따위는 없어도 그만이다.

나는 여전히 음악에서 선율이 가진 힘을 부정하지 않는다. 교과서에서는 음악의 세 요소를 리듬, 선율, 화성이라고 가르치지만, 아홉 명이 뛰는 야구에서 투수가 중요하듯이 음악에서 선율이 차지하는 비중은 절대적이다. 그런데 힙합은 선율에 의존하지 않는다. 아니, 선율이 배제된 음악의 형식이라고 보는 것이 옳을 것이다. 이것이 내가 생각하는 힙합의 혁명성이다.

4

1970년대 후반 펑크록의 선두주자 격인 영국 그룹 섹스 피스톨스Sex Pistols가 등장했다. 그들은 비틀스, 롤링스톤스 같은 선배 뮤지션들을 가차 없이 공격했다. 그 이유를 두 가지만 꼽으면, 첫째 돈을 많이 벌었다는 것, 둘째 음악을 자꾸만 어렵게 만들어 젠체한다는 것. 요약하면 민중의 음악인 록의 정신을 배반했다는 죄목으로 총구를 겨눈 것이다. 섹스 피스톨스의 궁극적 공격 목표는 반민중적 자본주의 체제였지만, 그들과의 싸움을 포기하고 그 자신이 부르주아가 되어버린 '타락한 록스타' 역시 섹스 피스톨스의 총알을 피해갈 수 없었던 것이다.

섹스 피스톨스는 1960년대 후반을 거치며 점점 예술적으로 정교해지는 록 음악의 복잡한 코드를 내던지고 C-F-G7의 기본 코드만으로 음악을 만들었다(그러고 보니 CCR도 그렇다). 그러자 존 레넌이 한마디 했다. "쟤들이 하는 음악 우리가 전에 다 했거든." 사실 실험 정신이 투철했던 존 레넌은 비틀스가 해체된 후 더욱 극단적으로 자기 음악을 밀어붙였다. 예컨대 〈평화에게 기회를Give Peace a Chance〉은 그 유명한 선동적 후렴구를 빼면 차마 멜로디랄 것도 없는 극소화된 펑크적 멜로디로 강렬한 메시지를 전달했다. 아무리 그래도 존 레넌은 그렇게 말해서는 안 되었다. 새로운 음악에도 기회가 주어져야 하니까 말이다.

이런 에피소드는 록이 전 세계 대중음악을 지배하던 시절의 일이다. 펑크나 얼터너티브처럼 록 음악의 민중성을 회복하려는 젊고 대안적인 음악이 속속 등장한 것은 사실이지만 그것은 어디까지나 록 음악 내부의 찻잔 속 혁명일 뿐이었다. 기존의 음악을 송두리째 뒤집은 것은 다른 동네의 음악, 그러니까 힙합이다(내 생각에는 힙합이야말로 순수 시대의 록의 정신을 더 잘 표현하고 있다).

대중음악 전체에서, 또 사회 계층 측면에서 힙합은 어디까지나 마이

너 영역에 속한다. 그렇기 때문에라도 힙합은 본질적으로 혁명적 음악이다. 배부른 메이저는 혁명을 실천하지 않는다.

5

내 생각에 힙합이 종전의 음악과 구별되는 또 다른 점은 '나를 이야기한다'는 것이다. 팝이든, 포크든, 록이든, 블루스든 주어가 '나'인 노랫말은 무수히 많다. 바람, 구름, 들꽃을 묘사하는 경우에도 '나'의 이야기가 들어 있다. 하기는 베토벤의 웅장한 교향곡이나 브람스의 애잔한 선율에도 '나'의 사상과 정서가 표현되어 있다. 이렇게 따지자면 한도 끝도 없으니 말을 말기로 하자.

힙합은 '나'의 구체적인 이야기를 직설적으로 토해낸다. 부모에 대한 미안한 감정이나, 연애에 실패한 이야기처럼 사소한 일상에서부터 서열화된 교육제도의 모순, 승자독식의 사회 구조에 대한 불만까지 꾸밈없이, 솔직하게, 거침없이, 때로는 생경하고 과격하게 '나'를 드러낸다.

이것이 힙합에서 특히 돋보이는 것은 멜로디에 갇힌 음악 형식이 아니어서다. 멜로디는 내가 들려주고 싶은 이야기를 제한한다. 엄밀히 말하면 멜로디 속에 이미 이야기가 담겨 있으니까 굳이 말을 많이 할 필요가 없다. 이것은 말하는 쪽(작곡가)의 입장이고, 듣는 쪽에서는 멜로디에 감추어진 이야기를 번역해서 들어야 한다는 뜻이다.

기존의 음악 이론으로 보자면 선율에 의한 전달 형태가 바로 음악이다. 영문법에 비유하자면 간접화법이다. 그러나 힙합은 과감히 멜로디를 버림으로써 직접화법의 이야기 공간을 확보한다. 이런 면에서 '힙합은 음악이 아니다'라는 비판도 나올 수 있다. 그래? 음악이 아니래? 아니면 말고.

6

힙합은 멜로디를 버리는 대신에 말의 자유를 얻었다. 그렇다면 과연 음악의 본질적 요소인 선율을 포기할 만큼 말의 자유가 긴급하고 중요했을까? 힙합의 태생을 생각할 때 충분히 그랬으리라고 본다. 뉴욕 빈민가의 뒷골목에서 그야말로 가진 것 없고 배운 것도 없는 천대받는 흑인들이 가진 것이 이야기 빼고 달리 무엇이 있었겠는가.

힙합의 탄생설화를 들어보자. 거리의 아이들끼리 영역 다툼을 벌이면서 휘두르던 주먹질과 총질을 멈추고 비폭력의 언어로 배틀을 벌였으며, 그것이 힙합의 시작이라고 전한다. 이런 상황에서, 상대가 랩으로 치고 들어오면 곧바로 랩으로 받아쳐야 하는 긴박한 순간에 한가롭게 아름다운 멜로디를 떠올린다는 것은 당치도 않다. 더 빠른 말로, 더 설득력 있는 이야기로 상대를 때려눕히려면 더 강한 비트와 입심이 필요하다. 그러다보니 험한 욕설도 튀어나오곤 하지만, 거친 언어보다는 나만의 생각과 이야기가 더 효과적이다.

힙합은 태생적으로 멜로디를 배제할 수밖에 없었던 음악이다. 그렇게 해서 얻어진 말의 자유를 무기 삼아 뒷골목의 아이들은 자기들을 억누르는 세상을 향해 가운뎃손가락을 치켜들었다. Fuck You!

7

틈틈이 힙합 공연장을 찾아간다. 나처럼 삼십 줄에 들어선 관객은 많지 않다. 10대들이 대부분이어서 괜히 눈치가 보일 때도 있지만, 일단 음악이 시작되면 나는 가볍게 몸을 흔들고 한 손을 치켜들며 소리친다. 우리 한번 신나게 놀아보자!

힙합 공연장은 트롯 가수들의 디너쇼나 인기 록스타의 무대처럼 화려하지 않다. 몇몇 예외를 빼면 밴드도 없다. 리듬을 담당하는 DJ와 마이크 하나로 자기 이야기를 들려주는 MC만 있으면 공연은 성사된다.

어느 유명한 록스타가 말했듯이, 로커는 무대를 지배하고 관객을 압도해야 한다. 그런 카리스마가 없으면 그의 무대는 실패다. 관객과 함께 호흡한다는 것은 말이 그렇다 뿐이지, 록 공연장에서 관객은 스타를 숭배하고 열광하는 열성 팬에 지나지 않는다. 록을 폄하하려는 것이 아니다. 록 음악의 팬들은 4옥타브를 넘나드는 폭발적 샤우팅과 리드기타의 현란한 애드리브를 기대하며, 그 요구가 충족될 때 만족감을 얻는다.

이른바 무대 매너 중의 하나로 의상을 꼽을 수 있는데, 헐렁한 청바지에 티셔츠가 고작인 힙합의 DJ와 MC들은 그런 면에서 빵점에 가깝다. 그런데 만약 그들이 반짝이 의상이나 검은 가죽 재킷에 징이 박힌 부츠를 신고 등장한다면 그것은 상상만 해도 끔찍하다. 관객과 다를 바 없는 평범한 차림새가 힙합의 무대매너로는 제격이다.

나는 무대를 지배하고 관객을 압도하는 스타를 우러르기 위해 힙합 공연장을 찾는 것이 아니다. 의자도 없는 작고 초라한 공연장에 두 발을 딛고 서서 손을 흔들며 서로의 속마음을 주고받기 위해서 간다. 더 크고, 더 빠르고, 더 많은 것이 미덕이 되어버린 세상의 한 귀퉁이에 이처럼 미니멀한 음악의 공간이 존재한다는 것이 나를 흥분시킨다.

8

아직 쌀농사도 짓지 못하던 아둔한 인간끼리 동굴에서 올망졸망 모여 살던 시절, 사냥터에 나간 남정네들은 이마에 무시무시한 뿔과 날카로운 이빨을 가진 동물들한테 제발 잡아먹히지 않기를 바라는 간절한 마음이 있었을 것이다. 마침내 그들이 먹을 것을 메고 무사히 동굴로 돌아왔을 때의 안도감을 어떻게든 표현했을 것이다. 허기진 배를 채운 뒤의 포만감도 표현되어야 할 것 중 하나였을 터이다. 무시무시한 천둥과 번

개가 내리치니 하늘에 희생의 제물을 바치면서 또 무언가를 빌며 말해야 했을 것이다. 그것이 음악의 탄생이라면, 음악은 즐거움과 쾌락보다는 두려움과 고통에 그 뿌리를 두고 있지 않을까?

아무튼 그렇게 시작된 음악이 오늘날 우리가 음악이라고 부르는 것과는 전혀 달랐으리라는 점은 분명하다. 주문과도 같이 웅얼거리는 말소리, 나무와 돌과 짐승 가죽을 두드리는 소리가 당시의 음악을 구성하는 요소였을 것이다. 그러던 것이 진화를 거듭해 아름다운 선율을 낳고 각종 악기의 발명으로 윤기를 더해 오늘날의 세련된 음악으로 발전했다.

짧은 지식으로 어쭙잖은 이야기를 늘어놓는 것은 새삼 아버지에 대한 기억이 떠올랐기 때문이다. 아버지는 '선율 없이 음악 없다'는 생각이 확고했다. 그런데 나는 아버지와는 반대로 선율 이전에 음악이 존재했다고 믿는 편이다. 아버지는 힙합도 음악이냐는 의구심을 버리지 못했다. 그러나 나는 이야기와 리듬으로 구성된 힙합이야말로 가장 기초적인 형태의 음악이라고 주장한다.

나는 지금 아버지에게 대들기만 하던 사춘기 소년이 아니다. 나는 아버지가 들려준 많은 음악들을 사랑할 수 있게 되었으며, 그것에 감사한다. 그러니 이제 한번쯤은 내 말에도 귀를 기울여주기를 바랄 뿐이다. 아버지, 힙합 한번 같이 들읍시다. 우리 한번 신나게 놀아보자구요.

twit

# 잘난 척하기

난 커피맛 모르니까, 라며 아무거나 마시는 사람에게 잘난 척하기를, 그럼 평생 커피맛 몰라. 제대로 된 걸 맛봐야 진짜 맛을 알지! 실은 나라고 잘 아는 건 아니었다. 근데 이상한 일. 게이샤를 마셔본 뒤 그 외의 커피가 별로라는 생각이 든다. 기분 탓일 거야.

twit

# '나'라는 사람

나는 헌신적이었던 적이 없다. 몰두할 뿐이다. 내 마음 내킬 때까지만.

나는 내가 몰두할 때 감각이 예민해지고 에너지가 생기는 것을 흥미롭게 지켜보고 즐긴다. 나 자신을 갖고 노는 것. 누구도 상처주지 않았다고 믿지만.

오래전 썼다. 이루어지지 못한 사랑은 화려한 비탄이라도 남지만 이루어진 사랑은 남루한 일상을 남길 뿐이라고. 나, 이루어지는 것에 대해 여전히 간절하지만, 자고 일어나면 여전히 새들은 노래하고 별들은 빛난다는 걸 안다. 〈The End of the World〉란 그런 것.

작별 이후. 내가 게으른 것으로 너의 부재를 실감한다.

# 좋은 날씨, 다가오는 휴일, 그리고 이긴 경기!!!

이 시각, 친구들 다 어느 거리에 있는지 지도라도 만들어보고 싶군. — 5시간 전.

자판 위에 손을 올려놓은 채 모니터만 들여다보다가, 밖에서 함성이 들릴 때마다 재빨리 실시간 중계 창을 클릭해 키운다. — 4시간 전.

연재 108회째에서 드디어 펑크나나? 여행도 아니고 병도 아니고 작품성 고민도 아니고 폭음도 아니고 관혼상제도 아니고 천재지변도 무책임도 게으름도 아니고…… 축구 땜에. 그것도, 흔쾌한 관전도 아닌 산만한 귀동냥 탓. — 3시간 전.

근데 좀 흥미롭네요.
시합하는 동안 트위터의 타임 라인에 계속 새 글이 올라와요.
왜 경기에만 집중하지 않고 거기 대한 소감을 트위터에 올리게 될까요?
화면을 보며 대~한 민국! 열심히 응원하다가
얼른 컴퓨터 앞으로 가거나 핸드폰을 꺼내 자판을 두드린단 말이죠?

경기가 끝난 뒤 그제야 한마디씩 올리는 사람도 물론 있지만요.
소설가 K도 그중 하나. 아름다운 새벽이라고 말하네요.
지난주에 그와 트위터에서 만나 이런 대화를 나누었어요.

나 : 손톱만 길었구나, 로 시작하는 소설을 쓰다가 만 적 있었어.
K : 시애틀에서 돌아가면 다시 써보세요.

어제 새벽, 이번 회는 어떤 문장으로 시작하나 궁리하는데
마침 그게 떠올라주더군요.
그래서 알다시피 107회의 시작은 '손톱만 길었구나'예요.
소설, 알고 보면 그야말로 '우연의 제국'이에요.
하지만 그 문장이 안 떠올랐으면 다른 문장이었을 테고
오히려 그게 더 좋았을지도 모르죠.
아니라고 우기고 싶으니까, 즉 그때 내가 쓴 문장이 최선이었다고 믿고 싶으니까 이런 인터뷰까지 하나봐요.
"제가 「아내의 상자」 마감에 쫓기고 있는데 친구가 와서 강화로 놀러 가자고 했어요. 마음은 급하고 시간은 없고…… 억지로 따라나섰어요. 그 길에서 닭장차를 봤죠. 한 대는 닭이 잔뜩 실려 있고 한 대는 텅 비어 있는. 거기에서 이 닭장차 장면을 구상하게 됐어요."
이번에도 마치 '명작의 탄생'이라는 듯이? 쏘리 쏘리 쏘리……

날씨도 좋고, 결국 마감도 하고, 그리고 축구 16강!
지구상 어떤 지역의 거의 모든 사람들을 한꺼번에 기분좋게 만드는 것.
좋은 날씨, 다가오는 휴일, 그리고 이긴 경기!!

twit

## 왜 내가 프로작가냐면

오, 프로작가라는 말. 글이 프로페셔널하다는 게 아니고 마감이 되면 뭔가는 토해낸다는 뜻이었어. 진심인 거야? 그럼 프로 맞고!

오늘의 결심 ; 결심 좀 하지 말자. 결심은 목적을 품고 있고, 목적은 가시화된 욕망이며, 욕망은 일상적 좌절을 불러올 뿐이다. 그러면 내일 또 결심할 게 생기는 것 외에 더 생기는 건 없다. 결심 끝.

취해서 문자 보내는 버릇은 아예 더 마셔주어서 고쳤는데, 밤샘 뒤 혼미한 정신에 하는 오후 트윗의 버릇도 같은 방법으로 고쳐야 하는 걸까……

## 소설이 재미있으려면? 독자들이 기분 좋아야 한다!

오래된 관계를 통해 깨닫게 되는 게 있어요.

서로 행복하게 해주는 것보다 각자의 행복이 서로를 행복하게 해준다, 이런 거? (『소년을 위로해줘』에는, 화목해야 가족이 행복한 게 아니라 자기 인생이 행복한 가족들이 화목하다고 썼죠.)

아무튼, 돈도 없고 일도 안 풀리고 몸도 아프고 애인도 없고……

그런 시기에는 사이가 안 좋았던 사람과도, 문제가 해결되면 다시 관계가 회복되는 일이 있죠. 잔인하지만, 특히 가족들!

가장 가깝기 때문에 가장 자신의 이기심에 솔직해질 수 있는 관계니까요.

가족들끼리는 문제를 해결하려고 대화한다거나 의견을 모은다거나 하는,

상처 입히기 쉬운 정면돌파 방법보다는, 상대를 행복하고 기분 좋게 만들 수 있는 사소한 방법을 궁리하는 우회법을 택해야 하는 거 아닐까……

어제 올린 소설이 '재미있다'고 말해주신 독자가 몇 분 있었어요.

그래서 108회를 다시 읽어봤는데…… 뭐, 대충, 별로.

문득 이런 생각…… 축구도 이기고, 기분 좋은 날이라서 그렇게 보일 수도?

소설을 잘 쓰려면 소설가가 기분 좋아야 한다는 주장만 할 게 아니라

소설이 재미있으려면 독자들이 기분 좋아야 한다는 것,

즉 기분좋은 독자들이 소설을 재미있게 읽는다, 에 밑줄 쫙!

그렇다면 오늘 인사는…… 무조건 기분 좋으시죠, 그렇죠?

twit

## 선물의 공유기능

둘 중 하나를 선택해야 했던 어젯밤이 단순했던 거였어. 텅 빈 게 더 복잡하다.

세 권이 묶인 몰스킨 노트를 선물했다. 어? 새로 나온 색깔이네? 그녀가 좋아하며 한 권을 내게 나눠준다. 그녀는 알고 있었다. 많은 사람들이 자기가 갖고 싶은 물건을 선물한다는 것. 그리고 내가 내 몫을 따로 사지 않았다는 것, 그걸 사는 순간은 그녀의 웃는 얼굴만 떠올랐다는 것.

나는 일기도 다시 읽으면서 고치더니 트윗도 수정한다. 이미 출판된 책은 수정할 수 없어 다행이다. 늘 불안정한 나, 평생 몇 글자 못 쓸 뻔했다.

그날 약속대로 너와 만났으면 초콜릿을 주었을 거고, 그랬으면 오늘 새벽 내가 상자째로 먹어버리지 않았을 거고, 그 속에 든 아이리시 위스키에 취하지 않았으면 마감이 빨라졌을 거고, 그랬으면 오늘 데이트 때 코를 골아버릴까 걱정하지 않아도 됐을 텐데. 인생은 야릇.

twit

## 한때 사랑하였으나 빛을 잃고 흘러가버린 것들

한때 사랑하였으나 빛을 잃고 흘러가버린 것들이 이 아침 나를 쓸쓸하게 한다. 가차없는 무심과 무정함이.

문득 일어나 핸드폰의 세계 시각에 한국을 지우고 도시 하나를 추가한다. 나는 돌아왔고 너는 다른 도시로 떠났고…… 여름 여행들, 시간의 조수 속에 떠다니는 그리움들.

자기가 아는 것에 대해 지나치게 가치를 두는 사람, 좀 불편하다. 내가 모르는 것이라고 해서 모두 알고 싶은 건 아니라는 사실이 그를 화나게 할까봐.

네가 오해했고 내 잘못은 없다구? 솔직하자. 내가 나만 생각했어. 내가 상처 입혀놓고 나 자신이 괴로운 이유는 뭘까. 그 사람을 잃게 돼 불편하거나 손해라서가 아니다. 관계에 실패하고 싶지 않은 자기집착 때문도 아니다. 그 사람이 아프면, 내가 아프다.

하지만 나는 쓸 테다. 이곳은 가상과 허영과 자기도취가 허락되는 공간 아닌가.

twit

## 생각의 눈금, 그리고

새벽 2시 30분, 책상 앞에서 일어나 차를 몰고 나간다. 어둠의 대기 속에 일정한 간격으로 끝없이 늘어서 있는 자유로의 가로등들, 누군가는 저런 풍경을 세계의 눈금이라고 표현했지. 그것들을 지나쳐가며 언젠가처럼 자유롭고 아련하고, 피로하다.

모호하게 말할수록 정확한 거다. 세계가 모두 모호하니까.

내가 몹시 감정이 불안정한 사람이란 걸 실감하고, 많은 작가들이 바로 그 점 덕분에 직업을 갖고 있다는 생각이 들고, 그걸 방치하거나 위로함으로써 그 '장점'을 견디게 해주는 모두의 가족에게 불현듯 고마워진다. 비록 방치와 위로의 황금률은 불가능하지만.

# 이 방법으로 힘들다는 게 행복합니다

하도 오래 전에 봤던 영화라 기억이 정확한지는 모르겠어요.
〈콰이 강의 다리〉라는 고전영화인데요.
2차 대전 때 포로들이 다리 공사에 강제로 동원돼요.

내가 기억하는 건 드디어 그 지긋지긋하고 비인간적인 공사를 마치고 포로들이 그곳을 떠나는 장면.
미칠 듯이 환호하던 그들은 다리가 멀어지면서 이상한 감정에 휘말리더니 눈앞에서 완전히 사라지자 그만 울음을 터뜨리고 만다는 거죠.
인간은 어떤 식으로든 자기가 머물렀던 시간과 쏟았던 힘에 의미를 두게 되나봐요.
비록 그것이 강요된 것이고, 심지어 끔찍했던 기억이라 해도.
상처받거나 지겨워하면서도 헤어지지 못하는 오랜 연인이나 친구들, 부부에게도 적용되는 이야기일는지?
하물며, 흠뻑 애정을 쏟았던 일이 끝나갈 때라면……

연재가 끝난 다음을 생각해봤어요.
지금보다 더 많이 논다거나 더 편하다거나 할 것 같진 않아요.
시험만 끝나봐라, 이랬지만 막상 별거 없더라구요.
어차피 힘들 거, 글을 쓰느라 힘든 게 작가에게는 가장 큰 행복이겠죠.

그러고 보니 참 쉬운걸요. 앞으로도 계속 힘들게 쓰겠습니다!
이 방법으로 힘들다는 사실이 행복한 날,
날씨가 흐려서 차분하고 좋아요. 더 힘들 수 있겠어요.

# 오늘 뜬 태양, 오늘을 잘 부탁한다

『소년을 위로해줘』에 썼던 꿈 이야기 있잖아요.
내가 실제로 꾸었던 꿈이에요.
악몽에 관한 이야기도, 그리고 인디언, 아니 참, 아메리칸 네이티브들의 드림 캐처 이야기도 모두 실제 내 경험이랍니다.

소설가 몇 명에게서 이런 말을 들은 적 있어요.
— 난, 가끔 내가 꾼 꿈을 그대로 소설에 옮겨적어요.
— 꿈을 꾸고 일어나면 아, 멋지다. 이걸 소설로 써야겠다, 그래서 쓴 대목이 꽤 많아.

그렇게 쓴 게 늘 살아남는 건 아니구요.
처음엔 꿈으로 시작했다고 해도 소설이 완성될 즈음엔 지워버린 것들이 더 많죠. 시작 부분은 특히 더 그래요.
써내려가면서 소설의 내적인 질서가 잡히다보면,
처음 세워진 뼈대가 이상해 보이는 거예요.
그럼 거푸집처럼 떼내버려야 하는 거죠.

「상속」이라는 소설을 쓸 때가 기억나요.
실제로 위가 안 좋아 수면 내시경검사를 받았는데,
마취상태에서 아버지 꿈을 꿨었거든요.

그 꿈 장면을 자세히 묘사하며 쓰기 시작한 소설인데
나중에는 다 버리고 몇 줄만 남았어요.
그것도 실제 꿈과는 다르게 소설에 맞도록 변형되어서.

실제 있었던 일을 소설 속에 그대로 옮겨놓으면
다른 건 컬러이고 그것만 흑백인 것처럼 이상해 보여요.
실제로 있었던 일이라고 우기면서 그대로 뒀다가는
다른 건 사실인데 오히려 그것만 지어낸 얘기 같답니다.
허구를 통해 새로운 진실의 질서를 만들어내는 창작의 세계란, 참 흥미로워요.
'소설이란 자기의 인생이라는 집을 허물어 그 벽돌로 새 집을 짓는 일이다.' 쿤데라가 이 비슷한 말을 했죠.

— 아, 우리 집 참 환하다!
마룻바닥에 만들어진 햇빛의 사각형 속에 엎드린 어린 소년이 엄마를 돌아보며 그렇게 말하는 장면.
이런 말 해도 되는지 모르겠지만……
『소년을 위로해줘』를 쓴 뒤 내가 가장 여러 번 읽은 장면이에요.
뭐, 절대 잘 썼다는 게 아니고……
쓰는 사람도 유난히 감정이입이 되는 부분이 있다는 정도. (에취!)

어? 창밖으로 고개를 돌려보니 저건…… 화요일의 태양이군요.
오늘 뜬 태양, 오늘을 잘 부탁한다.
내일까지는 바라지도 않아.
그러니, 우리 모두에게, 아! 참 환한 오늘을!!

twit

# 고마워라, 센서등

나를 바꿀 수 있는 것은 일반적인 다수가 아니라 나에게 중요한 어떤 사람들이다. 그 사람들과 일반적 다수의 생각이 다를 때, 나는 혼란에 빠질 필요 없이 그들의 생각에 가볍게 동조한다. 그렇게 해서 아낀 시간을 평소 그들과 술 마시는 데에 낭비하는, 이것은 남는 장사!

트윗. 어떤 때는 내 편을 들어달라고 털어놓는 거고, 어떤 때는 내 생각이 맞는지 물어보는 거예요. 밤샘하면서 뱉는 건, 그냥 말 거는 거지요. 누구라도 대답해주면 어두운 계단을 가는데 센서등이 켜진 것처럼 잠깐은 주변이 환해지거든요.

고마워라, 이 센서등들! 내게는 작은 크리스마스!

## 누구 맘대로 삐딱하대?

밤비가 왔어요.
'오늘 뜬 태양, 오늘을 잘 부탁한다' 이렇게 말했는데
어제 태양은 내 말을 들어주지 않았어요.
달에게 맹세하지 말라고 로미오에게 말하던 줄리엣이 옳았군요.
변하는 것들에게 뭘 약속하고 또 뭘 부탁하겠어요.
아차, 줄리엣이 달은 모양이 변하니까 거기에 맹세하지 말고,
변치 않는 태양에게 하라고 한 거였던가요?
흥. 과연 태양은 변치 않나요?

변한다는 것과 변하지 않는다는 것.
그건 관점의 차이일 수 있겠죠.
방향도 마찬가지고요.
누구 맘대로 우리더러 극동쪽 나라래?
(나는 동양 소녀가 아니라 아시아 소녀예요, 라고 주장하는 카툰을 미국에서 본 적 있어요.)

그리고 시간도.
왜 그리니치가 시간의 중심이야?
미국은 한 나라 안에서 다섯 시간씩이나 차이가 나는데
중국은 그 큰 대륙에 모두 똑같은 시간이 통용되고,

우린 왜 일본이랑 시간이 같아? 일본 여행 가면 시간차도 없고, 왜 편해야 해?

오늘은 삐딱한 생각만 하는군요.

—누구 맘대로 이게 삐딱하대? 원래 이 정도 기울어져 있는 게 정상일지도 모르잖아.

자, 흐린 수요일이에요.

수요일엔 빨간 장미를, 이라는 오래전 노래가 기억나요.

—누구 맘대로 빨갛대?

가시광선의 파장 길이에 따라 붙여진 이름일 뿐이잖아.

페터 빅셀의 『책상은 책상이다』라는 흥미로운 책이 떠올랐어요.

사물의 이름을 죄다 바꿔서 불러봤지만

결국 책상은 책상이고 장미는 장미이고……

삐딱함은 삐딱함이고?

지구도 23.5도나 삐딱하게 도는 걸.

# 8월의 첫 번째 약속

연재가 끝나면 무엇이 달라질까요.
핸드폰을 켜서 8월 달력을 봅니다.
아, 좋다! 깨끗해!!!

달력에 일정 하나가 있을 뿐, 텅 비어 있군요.
하지만 곧 여러 가지 약속으로 채워지겠죠.
플래너 노트를 새로 샀을 때의 느낌,
그리고 거기에 몇 가지 일정을 적어넣은 뒤 시간이 사라져버리는 기분을 「유리 가가린의 푸른 별」이란 소설에 쓴 적이 있는데요.

일종의 삶의 매뉴얼 말이다. 아무리 복잡한 일도 틀에 집어넣으면 단순해져버린다. 시간도 마찬가지여서 날짜와 빈칸만으로 이루어진 새 플래너수첩을 펼쳤을 때는 내 앞에 많은 미지의 시간이 있는 것처럼 느껴진다. 그러나 몇 개의 스케줄을 적어넣으면 그것은 조각조각 나뉘고 그 다음부터는 익히 아는 일상의 시간이 되어버리는 것이다.

뭔가 시작할 때와 끝났을 때, 아버지 산소에 가요.
반드시 혼자서.
남이 보는 데서 아버지랑 만나는 건 싫으니까.
나의 8월 첫 번째 약속인 거죠.

## 나의 어떤 민감함이,
## 나를 행복과 슬픔으로 끌어당기는 걸까

작업실이 13층이에요. 흐린 창에 빗방울이 무늬를 그려놓았네요.
마구 흩트려놓은 절취선들처럼.
층마다 빗소리가 다르게 들리듯, 창에 그려진 무늬도 다르겠지요?

작가는 직업상 문자에 민감하죠.
현수막이나 포스터, 텔레비전 자막, 간판……
눈에 들어오는 모든 문자에 까칠하게 반응합니다.
틀린 말이나 맞춤법이 거슬려 스트레스를 받기도 하구요.
물론, 재미있고 좋은 문자라면 가장 먼저 효험을 느끼겠죠.

뮤지션에게서 들은 얘기인데요.
아침에 일어나 음악을 들으면 평소보다 템포가 좀 빠르게 느껴진대요.
어? 뭐가 문제지? 생각해보니 자신의 몸이 아직 덜 깨어난 거였다구요.
음악이 빨라진 게 아니라 내 몸이 느리게 깨어나는 중……
그렇군요. 뮤지션은 소리에 민감하군요. 당연한 일.
유리창의 무늬에 민감한 건…… 유리창닦이일까요?

나는 또 무엇에 민감할까.
무엇이 나를 예민하게 만들어 행복과 슬픔과 사랑을 가까이 끌어당겨 주는 걸까.

twit

# 헤드폰을 끼고 걸으려면

큰 헤드폰을 끼고 걸으려면, 좀…… 챙겨 입어야 하는 걸까. 자꾸 흘끔거리네. 실은 차림새 때문이 아니라, 음악이라곤 아는 것 몇 가지만 계속 듣는 주제에 티내는 게 머쓱. 그치만 이렇게 들은 뒤부터 확실히 더 좋아하게 됐어요.

어떤 음악 좋아하세요? 라고 물으시면…… 틀어주는 음악하고 만들어주는 음악이라고 농담해왔음. 주변에 음악 좋아하는 사람들이 있어 부분적으로는 진실. 맞다니까요!

헤드폰을 끼고 걷는데 UMC의 랩에서 걸음이 늦춰져요. '이래라 저래라 한마디도 하지 마' '강요하지 마, 나도 강요 안 해' '동네 챙피하게 시간을 쓸데없이 쓰지 마' '잘해주지 마, 누가 잘해달래.' 아, 네……

twit

# 굴비 처방

절실함도 서늘함도 없이 문장력이라는 프레임에 넣어서 찍어내고 있다면, 문법 실력 갖고 문장 쓰려는 것과 다를 게 없겠지.

어, 죄송한데요. 내가 오늘 좀 삐딱해서요. 강을 살리자, 이건 100퍼센트 찬성인데, 문학 음악 미술 이런 걸 살리자는 말을 들으면, 어? 그거 죽어간다는 걸 나만 몰랐나, 라는 생각이 들어서요. 돈 못 번다는 뜻인가요? 아니면 안 유명하다는? 그거 원래 그래왔던 거 아닌가요? 아, 오늘 덥네요.

몸 좀 쓰고 싶다. 이문구 선생님은 「내 몸은 너무 오래 서 있거나 걸어왔다」 하셨는데 내 몸은 너무 오래 앉아 있었어.

할 수 없다. 굴비 처방! 마당에 뛰노는 닭을 보듯 수족관 속의 활어를 보듯. 오늘 마감 끝내면 저놈을 잡아먹어야지, 흐흐. 몰트 위스키 글렌모렌지.

twit

# 헤어지자는 말

자기 자신의 문제를 소설 속에다 적나라하게 고발해놓고 현실에서는 결코 고치지 않는 사람들이 소설가 아닐까.

어쩌면 내일 새벽 나는 장밋빛으로 물드는 창가에 서 있을 것이다, 어쩌면 차갑고 건조한 11월, 열일곱 살 소년의 작별에 대해 모두 썼을 것이다. 그러기 위해 지금 헤드폰으로 듣는다. 클라우 댄서의 〈헤어지자는 말〉.

## FOR EVERY GIRL / BOY…!

내가 알고 있는 가장 사랑스러운 페미니스트인 한 사회학도가 『소년을 위로해줘』에 도움을 주기 위해서 한 포스터의 문구를 소개해 주었어요. 이 소설에 커다란 힌트가 됐지요.

『소년을 위로해줘』의 주인공과 줄거리가 만들어진 건 거의 4년 전.
그런데도 소설이 쓰여지지 않았던 것은
그것들을 하나로 꿸 '끈'을 발견하지 못한 거죠.
1000피스짜리 퍼즐로 말한다면
970개 정도의 조각으로 덩어리 몇 개를 만들었는데
그것들을 서로 연결해줄 결정적인 조각 30개를 못 찾았다고나 할까요.
그 30개 중 하나가 바로 그 포스터 문구였어요.

낸시 스미스Nancy R. Smith의 시를 변형한 것이라고 합니다.
미국 페미니스트들에게는 유명한 포스터인가봐요.
인터넷 주문으로 포스터도 샀어요.

오늘, 무슨 날이냐구요?
한 달에 하루 이틀쯤 있는 '공부하는 날'요.
우리 모두, 970개는 저마다의 방식대로 이미 갖고 있는 거고
나머지 30개는 맘 내킬 때 대충 한 달에 하루 이틀쯤 공부해주잖아요.

1973년에 발표한 낸시 스미스의 시는 더 길고
또 주어가 girl/boy가 아닌 woman/man으로 되어 있지만
여기에는 포스터의 글을 소개해볼게요.

For every girl who is tired of acting weak when she is strong,
there is a boy tired of appearing strong when he feels vulnerable.

For every boy who is burdened with the constant expectation of knowing everything, there is a girl tired of people not trusting her intelligence.

For every girl who is tired of being called over-sensitive,
there is a boy who fears to be gentle, to weep.

For every boy for whom competition is the only way to prove his masculinity, there is a girl who is called unfeminine when she competes.

For every girl who throws out her E-Z-Bake oven,
there is a boy who wishes to find one.

For every boy struggling not to let advertising dictate his desires,
there is a girl facing the ad industry's attacks on her self-esteem.

For every girl who takes a step toward her liberation,
there is a boy who finds the way to freedom a little easier.

강한데도 약한 척해야 하는 게 지겨운 소녀가 하나 있는 곳마다
상처받기 쉽지만 강하게 보여야만 하는 게 피곤한 한 소년이 있다.

모든 걸 다 알 거라는 기대가 부담스럽기만 한 소년이 있는 곳에
자신의 총명함을 믿어주지 않는 사람들에게 지쳐버린 소녀가 있다.

지나치게 감수성이 예민하다는 말에 넌더리를 내는 한 소녀가 있다면
섬세한 부드러움과 흐느낌을 숨겨야 하는 소년이 하나 있다는 뜻이다.

오직 경쟁을 통해서 남자다움을 증명해야 하는 소년이 있는 곳마다
경쟁에 나설 때마다 여성스럽지 못한 일이라고 지적받는 소녀가 있다.

장난감 오븐을 내던져버리는 소녀 한 명이 있는 곳에는
그걸 갖고 싶어하는 소년 하나가 있는 것이다.

자신의 욕망이 광고매체의 성적 이미지에 끌려가지 않도록 저항하는 소년이 있는 곳마다 광고 산업으로부터 여성적 자존감을 공격당하는 소녀가 있다.

한 소녀가 자신의 해방을 향해서 한 발짝 나아갈 때마다
한 소년은 자유로워질 수 있는 방법을 조금이라도 쉽게 찾게 된다.

해석하면, 이런 뜻 정도 되겠죠?

twit

## 당신이 거기 없었다는 걸 증명하시오

밤새 안 자야 하는데 먹을 걸 잔뜩 사주는 사람이랑 마감 날짜까지 시간 많이 남기고 청탁하는 사람, 꼭 고마운 건 아니다……

어찌하여 나는 내 복잡한 생각의 일면일 뿐인 모범답안을 적어놓고 점수가 높은 당연한 사실에 당황하고 있는 것이뇨……

알리바이는 부재증명. 존재한 것이 아니라 존재하지 않았다는 사실을 증명해야 한다. 투명테이프로 대충 붙여놓은 망가진 백미러를 보며 차선을 바꿀 때마다, 떠나 있는 너를 생각한다. 성질 급한 네가 있었다면 이렇게 내버려두지 않았겠지. 이것이 너의 알리바이.

## 그리하여 지금, 무엇이 달라졌냐면

연재소설을 쓰면서 달라진 점과 달라지지 않은 점에 대해 썼던 적 있었어요. 지금은 어떻게 되었을까.

먼저 1월과 7월 비교!

• 달라진 점 (1월)

1. 비타민 한 알 챙겨먹지 않던 사람이 매일 홍삼을 먹는다.
2. 재미있는 책과 영화 및 개콘과 하이킥을 멀리한다.
3. 나름대로 '친절'을 익혔으며 늘 1시 넘어 자던 사람이 초저녁에 전화기를 끄고 잔다.

• 그 후 결과 (7월)

1. 역시 비타민 한 알 챙겨먹지 않는다.
2. 여전히 책과 영화와 텔레비전을 멀리하는 중.
3. 주 5회 밤샘한다.

• 달라지지 않은 점 (1월)

1. 위의 호들갑이 오래가지 않으리라는 걸 안다.
2. 위의 다짐은 오래갔으면 한다.

• 그 후 결과 (7월)

오래가지 않았음.

그리하여 현재 달라진 점은,

1. 매일 쓴 118개의 답글! 산문 쓰는 게 쉬워졌다.
(연애편지를 많이 쓰는 바람에 글씨를 잘 쓰게 된 남자가 생각나고.)
2. 밤새워 할 수 있는 일이 두 가지로 늘어났다.
(원래는 술 마시는 것 한 가지였음.)
3. 긴 손톱으로도 자판을 칠 수 있다.
(이렇게 못생긴 손 아무나 잡으면 어때, 라는 태도는 이제 안녕. 앞으로는 내 손 잡기 힘들걸요.)
4. '안습' 허리 사이즈.
(신민아의 옷 칼럼에 따르면, 미니를 입으려면 다리가 아니라 허리가 가늘어야 한다는데, 내 옷장에는 청바지 빼면 미니스커트와 핫팬츠밖에 없다구요. 또 내가 써놓고 내가 믿기.)

그리고

5. 『소년을 위로해줘』를 다 썼다!!!!!!!!!

twit

## 고독의 발견

소설 쓸 때 방해가 되는 것 중 하나. 감성의 탈을 쓴 우울, 그 합병증인 그리움.

오늘 새벽에 너, 조금 외로웠나봐. 멀리 있는 사람을 그리워했던 것 같아. 창가에 서서 날이 밝는 걸 바라보는데 그 너머로 지난밤 너의 설렘과 피로와 긴 꿈이 어른거렸어. 너 지금쯤 깊이 잠들어 있겠지. 내게 잘못 전화를 걸어왔던 것도 모르고.

타임 라인이 곧 내가 구독하는 신문, 세상이 편집돼 올라온다. 트위터가 포털이라면 팔로워는 즐겨찾기. 마치 어플을 구입할 때처럼 먼저 나의 관심분야와 문화 취향과 정치적 성향과 예민도를 생각해본다. 무료 같지만 천만에. 사람의 관계에는 언제나 비용이 발생한다.

twit

# 1년에 3시간, 아기처럼

아드리아 바닷가의 기념품점에서 해면을 샀다. 샤워할 때 쓰면 질감은 스펀지와 비슷한데 뭔지 모르게 다정한 손길이 느껴진다. 1년에 세 시간쯤 아기처럼 지낼 수 없을까 생각해본다. 먹여주고 씻겨주는, 누군가의 손길을 받는 것. 친구가 정신 차리라며 마사지숍을 권한다. 칫.

누가 말했냐에 따라 엄청나게 뜻이 달라져버리는 말이 있다. 나 소설 못 써요. 이 말이 농담으로 들렸으면 좋겠다. 가끔 내 인생이, 독선적이면서 내 소설을 한 편도 읽지 않은 사람과의 기나긴 문학 토론이 될 것 같은 우울한 생각이 든다.

시간을 좀 주세요. 복잡하게 생각하는 사람의 머릿속에는 수없이 많은 배선이 엉켜 있어 생각이 어디로 흐를지 알 수 없지만, 그렇게 많다 보니 그중에는 분명 이 일을 긍정적으로 받아들일 수 있는 선도 있을 거예요.

twit

## 그 모습을 오래 바라보았다

꿈에 내가 사랑했던 소년이 폭우와 바람을 뚫고 달려와 문을 두드렸다. 만져보니 두 팔이 갓 부러진 나뭇가지처럼 단단하고 차가웠다. 헝클어진 머리카락은 비단실처럼 가볍고 부드러웠는데 그 머리를 풀썩 내 어깨에 늘어뜨리더니 그대로 잠들었다. 그 모습을 오래 바라보았다.

그렇다.

나는 너무 아름다운 풍경을 보아버렸다.

그 이후 내가 보는 모든 것들은 상실이라는 이름의 풍경이다.

생각의 일요일들



| 1판 1쇄 2011년 7월 20일
| 1판 12쇄 2023년 2월 20일

| 지은이 은희경

| 책임편집 변규미
| 편집 김지향 이희숙 박선주
| 마케팅 정민호 이숙재 박치우 한민아 이민경 박진희 정경주 정유선 김수인
| 홍보 함유지 함근아 김희숙 고보미 박민재 정승민
| 제작 강신은 김동욱 임현식

| 펴낸이 이병률
| 펴낸곳 달출판사
| 출판등록 2009년 5월 26일 제406-2009-000034호

| 주소 10881 경기도 파주시 회동길 455-3
| 전자우편 dal@munhak.com
| 페이스북 /dalpublishers | 트위터 @dalpublishers | 인스타그램 @dalpublishers
| 전화번호 031-8071-8683(편집) | 031-955-8890(마케팅) | 팩스 031-8071-8672

ISBN 978-89-93928-34-1 03810



• 이 도서의 국립중앙도서관 출판시도서목록(CIP)은 e-CIP홈페이지(http://www.nl.go.kr/ecip)와
국가자료공동목록시스템(http://www.nl.go.kr/kolisnet)에서 이용하실 수 있습니다.
(CIP제어번호: CIP2011002812)